U0609472

作者近照 /2019年6月22日于中国作家协会杭州创作之家

.

作者简介

　　戴小雨，男，湖南沅陵人，生于 1968 年冬，苗族，中国作家协会会员，怀化市作协副主席，沅陵县作协主席。

　　早期从事诗歌创作，《文学界》《诗歌世界》曾辟"诗人与故乡"和"潇湘诗考"专栏推介，后侧重小说与散文。散文见刊《散文》《散文海外版》等期刊。中篇小说《一辆车的公路》入选《小说选刊》佳作栏向全国推介，并担任编剧改编成同名电影。小说《妞花女》被潇湘电影集团改编成同名电影，并获澳大利亚电影节最佳外语片等三项大奖。多部（篇）作品入选各种选本并获奖，其代表作品有《一辆车的公路》《农历才是历》《大雪是被子》《分山分水》《妞花女》《沅水谣》等。

图书在版编目（ＣＩＰ）数据

大雪是被子 / 戴小雨著. --天津:百花文艺出版
社，2020.11
　　ISBN 978-7-5306-7972-2

　　Ⅰ．①大…Ⅱ．①戴…Ⅲ．①散文集－中国－当代
Ⅳ．①I267

中国版本图书馆CIP数据核字(2020)第199462号

大雪是被子
DAXUE SHI BEIZI

戴小雨　著

出　版　人：薛印胜
责任编辑：王　燕　　书装设计：天一视觉
出版发行：百花文艺出版社
地址：天津市和平区西康路35号　　邮编：300051
电话传真：+86-22-23332651（发行部）
　　　　　　+86-22-23332656（总编室）
　　　　　　+86-22-23332478（邮购部）
印刷：湖南金太阳印刷有限公司
开本：700×1020　　1/16
字数：150千字
印张：14
版次：2020年11月第1版
印次：2020年11月第1次印刷
定价：50.00元

如有印装质量问题，请与湖南金太阳印刷有限公司联系调换
地址：长沙市雨花区雨花亭街道办事处自然村七组
电话：15874885156
邮编：410000
版权所有　侵权必究

本书列入中国作家协会
2019年度少数民族文学重点作品扶持项目全国10部散文集

天津出版传媒集团
百花文艺出版社

大雪是被子

戴小雨 著

故乡的兵马俑
/郭川陵 摄

里三层外三层，你带领故园赶到你家。故园的兵马俑，你从秋天一直站到现在，守着白白的炊烟一次次升起。

没有谁比你更懂得故园的含义，以及故园与秋天的关系。面对你们，我的文字是多么苍白无力啊——我会一直站在这里，直到成为你们中的一员。

CONTENTS

目 录

博物志·乡愁及散文自留地

◇卓　今

　　散文作为一种情感连接物，与人，与自然万物的对话方式最为贴心，它可以让人放下一些虚假的包装，还原一个赤子的姿态。我们想要知道一个作家话语方式和价值立场，不用看其他文体，只需看他的散文。人类与动物的最大区别是人善于虚构现实，人生活在客观现实与虚构现实的双重现实中，一不小心就迷失自我（动物不会）。散文的好处，是与本心对话，与万物闲聊，找回自我。

　　话又说回来，一个作家不管写什么，他可能有一块最隐秘的领地，就像农民有一块自留地而感到安心。这块领地最后都不约而同的留给了乡愁。乡愁既是人与故乡的情感连接，也是作家回到精神故乡最彻底最根本的方式。乡愁的无意识行为成为人的结构性疾病——一种思乡病。为了让自己的存在理由更充分，人需要从大地吸取营养，因为大地中蕴含的健康本性。那么，乡愁的承载物是什么？黛色的瓦屋上升起的一缕缕蓝灰色的炊烟？儿时玩耍过的土坡上的金樱子、酸脖子、节节草？被荆棘割破手指、拽烂衣衫的记忆？抑或是由于某些不可抗拒的因素留下的伤痛和遗憾？人的记忆切入乡愁的方式很多，不需要理由，毫无前兆，一颗打湿裤脚的露珠也能照见对故乡最深的思念。

城市化、全球化、工业化、现代化，这化那化，把人与自然的复杂关系化掉了。那么问题来了，当我们只剩下钢筋水泥、玻璃幕墙的时候，双盖蕨、毛茛花、虎耳草怎么办？山雀娘、竹根猪、龟纹甲壳虫怎么办？辰河高腔戏、土地三妈、龙兴讲寺、三酉藏书怎么办？我们忘记了清风明月，山川河流，日月星辰。我们看到植物，首先想到的它是大棚的还是野生的。看到动物，最该警惕的是能吃还是不能吃，属几级保护动物，是家禽家畜还是野生动物。戴小雨这本书俨然就是一部博物志。那些花草、树木、风物掌故，人情风俗，收纳在记忆的储存柜里，一件件拿出来。他并不想挽救传统的分类学，他也很少提供相应的动植物线索寻找它们的种属类别。这些物件就是一个个乡愁承载物，它们非常具体，真实可触，无论是地名还是物件，都能勾起游子深情的回忆。走过常吉（常德至吉首）高速的人会有一种感觉，这一段有许多奇异的地名，"借母溪"一看就是一个信息量很大的故事，"筲箕湾"就是地形与用具的类比。"且朋溪"大概是出自秀才之手吧，"夯齐冲"多半是少数民族音译。戴小雨笔下沅陵的牛绳溪、麻伊洑也都是有来历的地名。而茅坪、九矶滩、晾岩坪，岔溪是湘西常见的地名，容易重名。令戴小雨困扰的是"Na"溪，汉字里找不到对应，这种只有读音没有汉字的地名湘西还有很多。电脑字库里没有，早年地方小报报道这些地名时常常生造的一些字。儿时的玩伴少不了植物和小动物，南方山区是天然动植物博物馆。山上的野果是农村孩子的零食，茶泡能充饥，刺泡能解馋，蛇莓则有可能要人性命。神话传说，鬼故事是乡村的文明底色，傩戏本是与神沟通时娱神的节目，却代替了书本的功能教导人做人的道理，故事里都是世道人心。牛绳溪的张果老与三垴九洞十八滩的因果报应。每一个滩头，每一个高坡平地都不是平白无故得来的。古老的民谣民谚，作者又晋升为新的民谣民谚创造者。乡愁也在日日更新，既包含沈从文笔下的湘西文化传统，也有机帆船、五强溪电站、高速公路、高速铁路、城市文明带来的新传统。

与纯粹的博物志不同，乡愁散文中的事物只是情感反射镜像中的虚幻之物，就算具体化，也是为了做一个灌注情感的空壳，因此，物的形状、属性、性能并不重要。西晋张华的《博物志》、唐代段成式的《酉阳杂俎》动植物、物件，在现代人看来已无从考证。中草药名有幸在医书里固定下来，否则，动植物名称的变动会让人感到巨大的困惑。那么，若干年后，乡间那些动植物名，考证起来不亚于现在考证《酉阳杂俎》的难度。当交通极度发达以后，空间距离无限缩减了，乡愁会不会成为一个历史遗存，而那些生生不息的活物，我们还能找到它们的历史线索吗？尽管它们不需要身份和历史感。这就如同这本散文集的第一篇文章，像儿时的戴小雨一样站在大桃树底下，等待人发现喊他吃一碗汤圆，花草树木们也只能等待重新命名。或者如同岔溪村永远装不满六十个人的魔咒，物质文明在人类有限的记忆空间里也玩着残酷的"占生位"的游戏。

卓　今，文学博士，湖南省社会科学院文学研究所所长、研究员。湖南省文学评论学会会长，中国当代文学研究会常务理事。

分 山 分 水

一

静下来回忆，村子衰败是从李桃花南下广州打工去的那年开始
的。李桃花是个好强人，走的时候说了句气话：我走了，这样就给
村里空了一个"生位"，你们人人活鲜好了才对得起我离乡背井。

再往前捋，最早离开村子的应是我大伯。一九四七年国民党扩
充兵源抓壮丁，将大伯沿白沙溪押解出沅水，刚到大河口就被得到
消息的白沙溪村人截住，几声沉闷的火铳枪响，押解队伍躲在一蔸
大冬梨树下不敢挪步——白沙溪村张姓家族有个奶奶是我们村的，
后来白沙溪村有个女子又嫁到我们村来，这个女子便是我母亲——
夜色在僵持中越来越浓，最后达成协议由大伯自己决定去留。出乎
所有人意料，大伯选择跟他们走。第二年大伯去了台湾，一九九一
年带着两个堂姐回来寻过祖，回去后没过多久就去世了。

白沙溪全长应有二十余里，绕山穿洞没法去量，也没有人去做
这等无聊事，是凭着人步行时间做的估算。沿溪有一条间断铺着青

石板的小路，溯溪一路默数着过水跳岩往山深里走，到脚下溪水分成一左一右两支水流，仰头能看到散落在坡坳处黛青色屋顶升起的灰蓝色炊烟。当地人称这条沿溪而进的路为水路，其实村里人还是翻山溜岭那条山路走得多些，往东至北溶集镇，往西出深溪口。我想，村子的名字应该就是这么得来的，上面一个"分"，下面一个"水"，一条溪流分开的地方，可惜这个字如今电脑录入不了，读"Na"，去声。

"分水"不行，只能"分山"了，从此"岔溪"就成了如今故园的名字。从第一位先祖来此安生繁衍至上世纪九十年代初，一直这么叫着的村名没有任何征兆地被改了名，这种陌生感时常阻隔我回到乡村语境独有的那种温暖里去。

岔溪人丁最兴旺时也只有五十九口人，过不了六十。老人们说村子风水只有这么点厚，承不起，"六十"是岔溪的魔咒。我最早听说这个"魔咒"，是在二伯描述大伯离家出走的故事里，当年大伯选择跟他们走，被说成是为给村里留下一个生位。

隐约感受到村子里有一种我无法触及的东西，这种神秘感常使我对着那些高低错落的山峦阴影发呆，想象着那些未知的东西是不是就在那些阴影里蛰伏。

李桃花是后山一个叫李家坳村的人，嫁给同祖堂兄三胜的第二天，三胜父亲就死了，村里人说是李桃花占了村里的生位。现在回想起来，三胜爹得的是中毒性痢疾，因山高路远未能及时医治脱水而死的。

二

白沙溪在山脚分开后就没了名字，按着方位将东边的称东水溪，西面称西水溪。东水溪尽头有一大片茶林，是当年下乡知青开垦的。

知青返城后茶林由生产大队接管。后来土地包产到户，村里人心思不在茶林上，慢慢也就荒落冷寂了。每年清明雨过，这里会重现当年闹热景象，远村近邻的人邀伴结队来采摘茶叶。摘茶姑娘一个比一个长得清秀，一个比一个穿得漂亮。堂弟老齐长得帅气，心自然有点花乱，一年年过去，身边女朋友不少，到过年还是单身一个，不如三胜有心计，始终只将采摘得的茶叶偷偷给一个姑娘。这个姑娘就是李桃花。

生产大队刚接管的时候，二伯在茶场当会计，那时我还很小。有一天，二伯回家告诉我下午带弟弟来茶场玩耍。我不愿去，难走。二伯无奈才直说，晚上茶场里包汤圆，好吃得很，不过你们要假装绕路走到那里。我们沿溪一边玩水一边走，心里想着汤圆的味道，爬上一个斜斜的小山坡，坡上桃树正开着艳丽的花朵。茶场到了，我却有些胆怯，站在一棵大桃树下等有人发现我们。第一次近距离仔细观察桃花，那种艳丽色彩如今还在刺着我的眼睛。其实没过多久就有人发现了我们，堂弟蹦跳着朝前跑去，我不远不近跟在后面。芝麻加红糖馅的汤圆，比二伯描述的还好吃无数倍。

岔溪只有一户田姓人家，在东水溪口对面半坡上，坐北朝南全是戴氏家族。戴氏祖坟顺着地脉散在青岭坡坳不匀称生长的树林里。祖先与未来都是十分遥远的事物。当一个人突然间关注起自己从哪里来、去往哪里，他的童年就已经远去了。秋后温暖的夕阳将我的身影拉得老长，在一块斜戳在灌木丛中的墓碑上，我无意间看到了我的祖先姓氏，陌生而又亲切的名字无声地刻在那里。回到家，我把书包倒扣着举过头顶，让书本与作业本从头顶跌摔到门槛前的挡水岩板上。待我将上面的姓氏"代"全都改成了"戴"，父亲刚好从田里收工回来，从我趴着的身上跨过进了屋。一会儿，屋顶上空灰蓝色的炊烟升漫起来。在父亲心里，灰蓝色炊烟的轨迹要比祖脉重要很多，他在竭尽全力让儿女们活下来。儿女们都养没了，祖脉自然就断了。那年，我上初中二年级，正式有了自己正确的姓氏。

上世纪七十年代末，国家推行过二简字方案，一九八六年正式废止，民间却仍在沿用，不少人认为"代"只是"戴"的简体字，或至少可以通假。也不排除另一个因素，"代"字笔画少，容易写。其实这与简不简体字没有丁点儿关系，是两种不同姓氏，两个完全不相同的祖宗。上世纪九十年代末，户籍管理告别纸质档案，电脑建档录入后想改也不能改了。就这样，村里只有我一人归祖，孤独又无奈。

二〇〇〇年，因在文学上取得的成绩，我被县文化馆破格招录为文学专干，成为村子里第三个吃公家饭的人。在城里购房后，我准备将儿子户口迁入，却遇到了十分尴尬的事情，儿子与我不是一个姓。我当然要借这次转户口机会，让儿子随我姓"戴"而不是"代"。为了让儿子认祖归宗，我用上了山人最原始的办法：霸蛮。这件事让我斯文扫地，心里憋着一些东西要释放，如同水田的水满了，总要有一个缺口出现。

三

农村土地包产到户前，基层行政组织叫人民公社，集体统一分派劳动，以工分制按劳分配粮食与生活物资。父亲做事细密，被分配当仓库保管员，除谷物进仓登记入册及猎杀各种偷食的小动物外，还有一项重要工作，就是晒谷。早上一担一担将仓里的谷物挑到晒谷场上，太阳落山后再一担一担挑回入仓。这是一份非常枯燥的事务，如果再没有征兆地来场阵雨更让人措手不及。父亲就是那时养成的习惯，喜欢抬头观察天象，对飘来飘去的云层有着浓厚兴趣。有时，等父亲手忙脚乱将谷物担进仓，来不赢挑走的刨成堆盖上挡雨薄膜，头顶上黑沉沉的云块却又飘走了。每每这时父亲会骂一句特难听的脏话，然后重新将仓里的谷物担出，刨成堆的再重新摊开。

然而父亲的这份枯燥工作却让我感到无比自豪。仓库是小孩最爱去玩的地方，是童年的天堂，我俨然成了那里的主人。我按照我的喜恶允许谁来玩，玩哪些地方与项目、玩多久全由我说了算。而三胜比我大四岁，打架比较厉害，遇到不听我话的人，他会冲上去用拳头把我的话翻译一遍。三胜读书不来劲，勉强读完初中就帮家里干农活了，十八岁那年他把李桃花娶进了村。他不相信自己媳妇占了村里的什么生位，只是内心充满愧意，他认为是自己的婚事耽误了父亲的医治时间。

除去仓库，最吸引我们的要数秋后的晒谷场，那里会堆积很多脱粒后的荞麦秸秆，我们会模仿《小兵张嘎》《铁道游击队》这些电影，挖筑许多战斗防御与掩蔽"工事"，借着月光与阴影发起一场又一场进攻与防守，直到传来母亲们划破月夜的叫唤声才结束。

为了不影响白天出工，一般苞谷脱粒村里都会安排在月下进行。村民将自家耙田用的铁耙搬来，耙齿斜着朝上倒扣在扫干净的晒谷坪上，一架接着一架间隔着摆放好。为了防止追打疯跑的孩子不小心扑倒在锋利的耙齿上，大人们会用长得结实的苞谷棒当帽子插在上面，只留一两个用来脱粒的闪着金属寒光的耙齿露在外面。

月光下剥苞谷的场景很有画面感，村民们手起臂落像个跟不上节拍的乡村乐队在演奏。一会儿，每个铁耙下都会长起一个个秃秃的小金山。再长高，碍着手了，他们会用手或脚将它扫平一点，再接着剥。游戏玩累了，我们也会过来帮忙凑热闹，将脚插进苞米堆里去，躺在铁耙下，让脱落的苞谷粒掉在身上，比谁先被埋掉。凉津津的苞谷粒贴在裸露的肌肤上，舒心极了。在玩这种掩埋游戏时，我发现了一个月光下的秘密，村里男人赤着脚，女人却都穿着一双雨靴来做事，而且是在根本没有下雨或可能要下雨的情形下。

后来我还是从母亲的雨靴里找到的答案。村里有个男孩不懂事，跟他母亲吵架后揭发他娘用雨靴偷村里的苞米。小男孩挨了顿狠打，差点还失去了朋友。原来这是村里人人都不说破的秘密。那个年代，在这个村子里长大的孩子，身上总有几块肉是用母亲雨鞋里控出来的苞米换来的。

岔溪最贫穷的时光，却是村里人丁最兴旺的时期，老周儿就是这个时候来到我们村的。老周儿不遭村里人待见，不全是因为当时的政治气氛，另一个原因是对他到底算不算岔溪的村民、他会不会占村里的生位这个问题有着很大争议。

贫困总是限制人的想象力，有关故园的细节又都有着饥饿的色彩与味道。在仓库下面不到一百米我们去村小上学的路上，一个盖着丝茅草的小木屋让我们充满好奇与恐惧——这种感觉主要来自大人们要我们不得靠近它的那些警告。房子主人就是老周儿，是个外科医生。村里没有人喊他周医生，都直呼老周儿。"儿"字是村里叫人的语气词，不全是用在老周身上，对其他人也是这么叫的。

村里为支援国家铁路建设，大量砍伐山上的松树制作铺铁路的枕木。一个月不到，锯得方方正正的枕木码成了一座座小山。一天晚饭后，大家刚洗漱完准备睡觉，我二伯忽然大声喊起来，枕木堆起火了！大家提着水桶往起火地点跑去。

火扑灭后，不知谁低声说了一声，肯定是老周儿放的火。这句话可是个大炸弹，再沉重的夜色都能炸开一条豁口。民兵与村民一窝蜂朝那个盖着丝茅草的小木屋奔去，反剪着手将老周儿绑到了现场。当时我对老周儿放火这件事也是坚信不疑的，直到接着发生另一件事。三胜娘帮三胜爹砍一蔸超大松树，无比锋利的斧头突然从高扬的木柄上飞脱，劈在三胜娘的大腿上，鲜血像捅破的水袋往外冒。村民们手忙脚乱，送医院肯定来不及，还没过那条溪水人就会没了。我准确记得是母亲提议将老周儿请来，话刚说出口就遭到了反对，最后还是三胜在一旁大哭，母亲才再次大声说，你们不敢，我与三胜去请。匆匆赶来的老周儿用最原始的工具与方法扎住了切断的血管，然后要来一根纳鞋底的针，用钳子掰弯将伤口一针一针缝上，动作娴熟如一个村妇缝一条撕破了的裤筒。

发生这么多事，我们还是不敢去老周儿的小木屋玩。村里还有一种说法，说老周儿会药功，人一旦被他下药就会听他使唤，这是一个听起来都毛骨悚然的传闻。有一天我们放学回家，饿得前肚皮贴了后肚皮，腿膀子软得走不稳路。路经老周儿小木屋时，一股红薯香味扑鼻而来。我们猫着身像窥探一只猛兽一般，心怦怦直跳着往小木屋靠近。门敞着，走进屋后突然有一种失望，先前的那些神秘感瞬间消失。这是一间跟村里单身汉二憨子家一模一样的房子，连气味都是一样的。我们很快找到了那个飘散着香味的簸箩子，里面静睡着五个大小匀称的红薯，冒着白色的雾气。

老周儿什么时候进来的，我们全然不知。"你是坏人，我们不怕你！"三胜先我看到，放大声音。三胜说这话的时候，我看见他的腿在不停地抖动，其实我也一样。三胜一边说一边将手里热腾腾的红薯放回到簸箩子里去。

"不用怕，吃吧。"直到我们手里握着热红薯从小木屋退出来，老周儿只说过这一句话。后来村里传言我与三胜都中了老周儿的药功，他们有人看见我俩将一条老皮大南瓜抬进了老周儿的家。

五

老周儿死了，是在离开岔溪二十年后的某一天死的。在岔溪人已经快要忘记有这么一个人、有这么一段岁月的时候，传来了这个消息。

岔溪这个村子也快要死了，我找不到用哪种生命的死亡来比喻一个村子的死亡过程。生命死去的明显特征首先是温度的退去，而后才是身体的腐烂，而证明一个村子是否活着或死去，最表象的就是炊烟匿迹与人的逃亡。

二伯家炊烟的消匿让我真正感受到村子已经快要死去了。

从某种意义上说，在岔溪，二伯与老周儿都是一种另类存在。二伯做农活不顺手，应该说不太上心更准确，加上身材弱小，村里一些重农活都不安排他去做。后来包产到户单干，二伯才被迫学习农事。在村子里，无论晚辈还是黄嘴毛孩子都直呼他大名，母亲为他出过很多次面，教育了那些直呼其名的孩子。二伯却从不上心发火，还说我本来就是这个名字，他们并没有喊错。

第一次发现二伯有爆发力，是在一次打猎现场。我家的猎狗与外村的猎狗撕咬，眼看我家猎狗吃了亏，年轻气盛的我弹跳出去，逮住对方猎狗的两条后腿，在空中转了几个圈后重重往岩崖下抛去。余光里，只见一个老人怒火万丈将打野猪用的铁铳枪瞄准了我。二伯一个箭步向前，使出从未有过的速度，用手中的枪管挑飞对方枪口。枪响了，子弹从我头顶呼啸而过。硝烟散去，只见二伯黑黑的枪口死死抵着对方的脑门。

二伯一生心里不曾有仇怨，更不会有冤家或仇人，这一次除外。也许在他心里，我是这个家族的长子，是岔溪与家族最大的希望。

然而，一个没有仇怨的人也是会死的。二〇一四年的夏天，二伯死了。父亲说二伯是死在他怀里的。下午还好好的，在山上做事，收工回家炒了一大碗油炒饭。晚饭后，他打开厢房拧亮电视机，正看着，突然痛苦地喊叫起来。开始父亲以为二伯是天热中暑，将他抱到门口的挡水岩板上，大颗大颗如苞谷粒的汗滴从二伯的额上脸上掉落下来，口里一个劲地喊疼。二伯死的时候什么话也没有留下，只是在他不停的喊叫声中，隐约听清一句是有关堂弟老齐的。

一直在外漂泊的堂弟老齐在二伯咽气后的第三天带着他未过门的媳妇小朱赶到了家。灵堂前，小朱哭得稀里哗啦，虽然我不知道她为何哭，但我觉得她内心应是有了某种遗憾，或是听老齐说起过村里那个有关"生位"的说法。

下葬那天，老齐挥锄在棺木前方挖下三锄红红的新土后，伏地号啕大哭起来。村里人一直都认为老齐是个玩世不恭没有眼泪的人，突然的情感崩溃让场面一时失控。"你二伯没有个女儿暖心，有个儿子哭灵也算可安心上路了。"母亲一边说一边流泪，三十六岁的老齐终于在二伯入土的这一天懂事成人了。

青岭上有一片松柏长得苍翠葱郁，是二伯生前栽的。父亲说有个云游的风水先生路过岔溪借宿，饭后在屋坪乘凉聊天时说，若能在青岭上修个庙，庙前栽六十棵松柏树，即可破除村里人口满不了六十的魔咒。别人都说这个先生是骗吃骗喝吃江湖饭的人，只有二伯一人相信。他没有能力修庙，便栽了这片松柏林，死后安葬在这里也是他生前的意愿。

忙完二伯后事，我与老齐翻过青岭去了早已荒凉的茶林。走到当年桃花盛开的小山坡，我问老齐是否还记得当年想汤圆吃躲在树下等人发现的情景。老齐没有回答，只是咧嘴笑笑。对于这片茶林，我没有老齐那么有感情，这里有他童年的无穷快乐，更是他美好青春岁月的真实见证。站在山岭上，茶林轮廓浮现在眼前，茶树已经看不见了，淹没在疯长的杂树林与灌丛中。很长一段时间老齐都没有说一句话，只一根接一根抽烟。我坚定地相信，此时他的眼前已有无数个画面在交替叠换，很多个美丽姑娘在对他嗔怪微笑……

哥，老齐突然打破沉默，小朱怀孕了，等我在外赚了钱，那时小孩也出生了，我想重新把这片茶林开发出来，你看行不？我说好主意啊，现在正全力打造茶叶产业，说不定还可以申请到政府资金扶持，到时把三胜与李桃花都喊回来一起做。

六

过九矶滩，沅水弯成一个瘦瘦的"U"字。"U"字起笔是深溪口集镇，落笔是北溶集镇，岔溪刚好在"U"字敞口之间，杨家潭村在"U"字底部。前几年村里修连通公路，从北溶集镇经过胡冲坪村委会、茅坪组通向岔溪，不知什么原因，公路挖到村子山脚下东水溪边却停工了。

精准扶贫开始后，村里人以为这下岔溪公路终于可以拉通了。出人意料的是公路从茅坪一路向南通往"U"字底部杨家潭村了，再从杨家潭村西上往卢家湾连通深溪口。公路捋着"U"字笔画将岔溪彻底抛弃了。我打电话给乡政府，得到的解释是，杨家潭是村部，只有通村的工程才能得到立项。我挂断电话，心里莫名感伤。

不得不惊叹村人的顽强与自省，他们再次用卑微的心、强健的双脚向城市进发。今年清明回乡挂青，才知道最后村里只剩下五个半人了——村里一直将五保户二憨子只算半个人。

回城后，我创建了一个"分山分水都是家"的微信群，叫村里在外闯荡的年轻人相互添加好友入群，不到两个小时就基本完成群建工作，完全在我意料之外。那一夜，群里往事如烟，乡情若酒。我在群里说，每个人必须把群名片改成实名，方便对号入座。有个叫"桃之夭夭"的人却一直没有改过来，追问才知是最早外出给村里留生位的李桃花。三十多年过去，从村里人断断续续的描述中得知她在外面混得还不错。三胜还是如当年一样实诚，在这个多变的社会里似乎有些不适应。

有一天，李桃花在群里突然问，"大作家，'Na'字怎么打啊？"

是啊，"Na"字怎么打？我半天说不出话来……我想告诉她，故园已从汉字中消失，只能口口相传了。可口口相传的前提是要有人，等到村里最后的五个半人离开或死去，村子也就真正消亡了。同我一样已经离开故园在外生存下来的人，我们找不到理由要我们的后代记住这些，有些思考是没有意义的。一个作家的故园最早从文字里消失，不免令人唏嘘，现在我们只能从文字里搜寻追溯故乡与祖先的线索，是讽刺，是无奈，更是时代留给我们的疼痛。若干年后，当我们也成为祖先，这篇文字是否能给后代一个寻找与思考的线索或依据？

"你跟政府的人熟，建议把岔溪的公路接通吧，这样比什么扶贫政策都好，到时我们都回去，村里就又热闹起来了啊。"有人在群里@我，后面还跟着三个握拳的表情。我一时不知道怎么回答，回了三个拳头。我的拳头刚发出去，立即有人跟上来，一会儿群里的拳头就刷屏了。

金葫芦，银葫芦

《中国药典》：金樱子，别名糖罐子、山石榴。属蔷薇科植物。中国中、南部各省都有分布。其果实酸甜可食，并可以熬糖或酿酒。根、叶、花、果均供药用。

金葫芦，银葫芦，打开葫芦取麦种。这个谜语是母亲无数谜语中，我记得最真切的一个，好多年过去，母亲讲谜语时的表情神态犹在眼前。谜底是金樱子，别名糖罐子、刺榆子、糖莺子、山石榴。在老家，糖罐子叫得最广，这名字叫起来会满口甜开。

"饱"与"甜"是那个时代的奢侈，金樱子能将这奢侈变成现实。花期在五月，花瓣白色，花托粉末淡肉红色。雨后天晴数日，从草丛找到那种笔直中空茎蔓，掐一截充当吸管，一头伸进花蕊，轻轻一吸，可以尝到一线沁心透骨的甜。若是久旱不雨，自然没有机会享受得到。如果心急，雨后立即去吸，到嘴里便是一线露水，无味得很。这些经验没大人传授，全靠我们自己捅出来。

花期很快就过，花托上长出一个青涩瘤果。开始只绿豆那般大小，一个日头长一圈个，待到有葫芦形儿已是夏天的事了。

十月金黄，金樱子成熟的颜色。其实这个时候，我与小妹就开始采摘了，尽管不是很甜，已是迫不及待。直到变成金红色，毛刺不扎手，金樱子才完全熟透。除毛刺的方法有多种，顺着果蒂推搓，去掉粗刺，再用手指揉捏一遍方可以剖肚食用。剖肚也有讲究，得顺着长势纹理才能剖得圆范。若是拦腰而断，便不好清膛。有时图便捷，将一捧金樱子倒在地上，用脚搓踩，让它们相互撞碰搓揉，后才去小溪里清洗。一般分工是我用脚剔刺，小妹用手在清得透亮的溪水里清泥。

吃法也有多种，剖肚清膛后直接送进嘴嚼。一个字：甜。空气中仿佛有了甜的气味，急性子的山风也吹不掉。想到现在人嚼槟榔，感受应是完全不同，它没有那种充饥的本能动机。另一种方法是熬糖浆，将清洗干净的果片，放进父亲伤寒煎药时用过的瓦罐，加入水，升火煎熬。我们没有一次能煎出糖浆，原因很简单，一边熬，一边急不待地倒些在碗里喝，然后再加水。每次都是在小妹嗔怪中结束这美妙的造糖工程。

乡村孩子的童年空落得只剩下饥饿，到七八年分田地到户，才把想象力转移到其他领域。散落在丛林岗岭上的野果变成果腹添加剂，童年已成为记忆。人有时与树一样，在这种环境下长大，上面滋长着一种酵母菌，随着年龄增长，它开始发酵。四十岁本该不是生命酵藏期，于我，向前了。

打开葫芦取麦种，是一个时代的谜语。金樱子肚里有无数坚硬的小瘦果，像极了挤攘在一起的麦子，剖开后它们会散落在地上。小妹坚信它就是麦种，邀我去屋后山坡上埋种。她找来一把挖野菜用的小锄头，扛在肩上，像模像样。我用缺口的红花瓷碗，在鸡笼里盛了鸡粪。选择鸡粪因为它干燥、不臭、不粘手。

山坡上长满野菊花，小妹一边用手摘着花朵儿，一边坚定往前走。荆丛时深时浅，我跟在后面，小心翼翼护着怀里的瓷碗。从小妹手肘反弹回来的荆蔓，常会将瓷碗里的鸡粪扫出碗去一部分，在风中飞窜，逆风时会呛进鼻子里。终于到了一处平坦地方，我说就这里，小妹当然会相信我的判断。我负责挖地刨沟，小妹负责将地里的石块捡到外沿去。无意间，小妹用捡出来的石块，在地边垒起一个石头房子。说，等麦子熟了，就用这个石头房子储藏。

我说，还是等麦子种出来再定，小妹坚持你先同意，不然就不播种。

播种、施肥，过程全按着大人种冬小麦的样子照葫芦画瓢。洒水时出现难题，小溪隔那么远，当初选择这里是我的失误。小妹罚我去小溪里舀水。我机灵一动，抠出小鸡鸡洒水。小妹说你是在耍赖。这就是你不懂了，尿可以当水，又是肥料，我说。小妹觉得是有理，也褪去裤头蹲在地上。

接下来的日子，我们都是用这种方法给埋在土里的麦种洒水。这一切，全是瞒着父母的地下活动。希望有朝一日，我们手里捧着金黄的麦子，惊喜万分出现在大人面前，等待父母惊羡的目光。

坡沿上的野菊花，一朵一朵谢去。我们焦急等待，日子变得越来越漫长。一天夜里，我做了一个梦。天刚放亮，我起床将这个梦告诉小妹。小妹拉着我的手，飞快跑向麦地求证，果然发现几株绿芽从麦地泥土缝隙挤出头来。缩头缩脑，却是顽强姿态。可以用金樱子肚里的瘦果做麦种了，我们用事实证明了母亲谜底的真实。

我迫不及待跑回家告诉母亲，母亲笑着说，待麦子熟了，一起去收割，磨粉做面条吃。哈哈……

小妹饿得难受的时候，我就安慰她，麦子就要熟了，坚持一下。我饿得受不了，小妹自然也这样安慰我。得到母亲肯定我们更有信心，继续用尿液给麦苗洒水。时间一长，通向麦地长满荆丛的山坡，被我们踩出一条蛇形小路来。

霜降那天，小妹哭了很久。见小妹那么伤心，我禁不住落下泪。其实我早有预感那不是麦苗，我的眼泪一大半是为小妹流下的。小妹说，哥，我们没面条吃了。我说，嗯，明年我们认真再种，一定能种出金黄的麦子。

这就是我与小妹的农耕，童年的农耕。虽然失败，却永远记得那美妙过程以及过程中那些由此忘记饥饿的日子。

人到中年，加上一次重大车祸，我的身体每况愈下。肾虚不固，脾虚泻痢。爱人领我去看中医。老中医把脉观色，开出处方，并嘱一定按时足量服用，一个疗程会有效果。回家打开药包，发现里面有几颗风干的金樱子，就是糖罐子。三十多年一晃而过，再次见到会是仗托了老中医，想来不免怅然。

药书上有这么一句：固精缩尿，涩肠止泻。那时，每个日子都是饥肠辘辘，无物可涩，亦无物可泻。于童年，除去果腹，它并无他用，只留下这个故事入药。

如今小妹已结婚，远嫁成都。我们都有了孩子。麦种其实一直都在那金葫芦里，只是我们的孩子不会知道，也没有人跟他们讲起"金葫芦，银葫芦，打开葫芦取麦种"的谜语。每年十月，金葫芦挂满故乡屋后那片开满野菊花的山坡，母亲一人看着它们一个个由青变黄，由黄转红。而后，一个个脱蒂掉落在地上。

山雨骤来 / 戴天一 摄

我离母亲有多远

　　母亲不常进城来，一年总共加起来不会超过三次。也不会有什么规律，在全然没有想起他们的时候突然接到父亲的电话，说母亲已在进城的路上。只有一次母亲是必来的，那就是家里杀了年猪，母亲会捡上一块最好的后膀肉送来。在她的记忆里，我是爱吃回锅肉的。

　　上世纪七十年代初，一个农村家庭的窘迫，超出活在当下人的想象。大多家庭一年只能吃上一两回猪肉。为了能多让我吃上一回肉，母亲背着我走了近二十里地来到外婆家。看着眼前白花花的回锅肉片，我怯生生地夹了一片放进嘴里后就再也停不下来。外婆要母亲抢我手中的碗，说这样会坏肚子的。母亲看着我，手却没有动。就在外婆快步向我走过来夺碗的时候，母亲抢先伸出了手，将我的手与碗一起捧在掌心。母亲眼里闪着泪，口里央求外婆能让我再吃上几口，大老远来一趟太不容易了。

　　这是我第一次见母亲落泪。直到后来自己做了父亲，才真正理解当时母亲的手为什么会抢在外婆前帮我捧起那只盛着肉片的白花碗，以及母亲泪水里浸渗的锥心疼痛。最后外婆还是扯开母亲，狠心将我手中的碗抢走了。我一边骂外婆一边牵母亲的手，哭着吵着要回家去。

回家路上，母亲哄我说父亲在食品站买了肉，等我们回家去吃。我相信母亲不会骗我，还没到家就趴在她的肩头睡着了。此后我再也不肯去外婆家，直到我上中学。我的肠道也就是那一天开始坏的，这种固疾一直延续到现在。只要多吃了一点儿油腻东西就会拉肚子，母亲只好去屋东面那个向阳的山坡摘金樱子熬汤给我喝。人不光是心理上有依赖，生理也会有。后来我吃过不少治泻的药，觉得还是不敌金樱子汤管用。因为对油腻的敏感导致我身体状况很不好，形销骨立。每每说起此事，母亲会禁不住落泪。

在我童年记忆里，母亲是模糊的，这件事是有关母亲唯一清晰的记忆。小学四年级我去北溶镇上寄宿读书。在我心里，我一直将母亲背着铺盖送我到学校的那个雨天，算作我离开母亲的日子。后来一直是寄宿。读到高二时，我因病放弃了学业。我失去了一个农村孩子唯一改变命运的机会。在家养病的两年中，是我与母亲在一起最长的一段日子，然而我却没有心情留意与母亲在一起的快乐，整天想着是怎样离开乡村。面对家境的窘迫，我第一次真切感受到母亲的艰辛。而我表现出的麻木让大我两岁的姐姐很气愤。我不是不想帮母亲，只是不愿做农活。

我对母亲说，我想有套像样的衣服，城里人一眼看不出我是乡下人就可以了。我的要求遭到姐姐反对，说我太不懂事不晓得心疼大人。然而母亲却默许了。秋末，村里收过桐籽后，母亲开始漫山遍野地搜捡。半月过去，家里堂屋堆起了一座小山。看着慢慢长起来的桐籽堆，母亲不停地念叨一句话：今年的桐籽价格好就好了。

白天母亲要到队里出工挣工分，只能利用收工后的时间去山上拾桐籽。尽管姐姐在心里埋怨，我还是借着养病的理由什么事也不去做，窝在家里看文学杂志。一天黄昏，突然听见母亲在后山急切高声地喊我。我慌忙丢下书本跑去，原来母亲从一处岩石罅口滑下时，背上的背篓被卡住动不得身。解掉背篓系绳就可跳下来了，我说。母亲呛了我一句，如果这样我还叫你来干么？母亲是怕自己跳下后背篓会倒翻，才死死定在那儿的。

我趴在岩石上面，伸手拽着背篓沿儿帮忙。然而我的努力最终还是失败了。母亲骂我没用，任何事都做不好，骂完便去斜坡下捡滚得七零八落的桐籽。我在上面小心翼翼地拽着背篓，母亲用衣襟连爬带滚地兜着捡来的桐籽倒回到背篓里。母亲在坡沿下不停地说，眼睛放尖点，看哪儿还有漏掉的。看着母亲伛偻的身影，以及留在脸上与手上的芒刺血印，我忍不住说，没有了，娘。怎么会呢，我明明记得先都快淹齐篓沿了，瞧，现在才多少？

直到天完全暗下来，看不见了，母亲才肯回家。路上还说，明天还要再去看看。

在与母亲的共同期盼中，桐籽果然卖得了好价钱。母亲将十二张十元的纸币递到我手中，让我自己做主，喜欢什么样的衣服就叫裁缝做什么样的。我用去八张纸币做了一套在当时算得上是很昂贵的全毛呢西装。余下的钱我没有退还母亲，开始了我进军城市的漫长征程。

伫立街头，神色是茫然的飘忽的。一套好衣服并不能让我气宇淡定，城里人乡下人一眼就分得清。在离开北溶前，我认为除了北溶话就只有北京话。北京是首都是标准。离开后才知道，原来各地都有自己的方言。方言没有谁好谁劣的评判标准，取决于使用这种方言背后的人群，以及他们群居城市的文明度。要想真正走进城市，第一要做的原来不是先有一套和城里人一样的衣服，是要去掉乡音，改掉我的北溶腔。后来让我没想到的是我会一改而改得如此彻底，我再也不会说北溶话了。我失去了母语，同时也失去了母语带给我的语境与最原始的温情。

我与母亲的距离就是从失去母语开始的。如今我已经回忆不起来，最后一次喊娘是在哪一年的哪一天；也想不起又是在哪一年的哪一天改口将母亲喊成妈的。可以想象得到当初我第一次改称呼时，母亲惊惶失措背后的隐痛。模糊记得母亲没有答应，只是憨态地笑。要是早能多懂得一些道理，我是不会这么做的。懂得这些，妈也就喊得别别扭扭起来；曾经想回过头去喊娘，却没能喊出口。没想到面对城市文明的第一次浸蚀，居然是这种普通话陷阱，而且将母亲也无辜地扯了进来。

尽管我穿着母亲用成千上万个桐籽换来的那套衣服，在这座城市里找到了自己的角色，母亲却仍住在乡下亲手修造的那间木房子里，死活不肯来城里同我们一起居住。儿子刚学会走路我就将他送到了乡下，让母亲带一段时间。十天半月不等，每年都这样。儿子皮肤天性敏感，每次都要长一身疮，痒得整夜睡不好。母亲用地灰擦，用食盐洗，用尽了乡间土方子，儿子的疮疖就是不见好。母亲自叹，这人真是越出越娇贵了呀。爱人心疼起来，问我为何要这样，他们想孙子可以进城来带啊。我没有告诉爱人我的理由，有些隐痛只能钙化在心底，结成一个永远不能复活的核。

儿子知事早，稚拙乖巧，深得公婆疼爱。午后或者黄昏，一个老人牵着她心爱孙子的小手，走在乡间路上或是田边，跟她的孙子说这丘田是婆的也是孙子的，你爹爹就是吃这田里的饭长大的；还有那片山也是婆的，当然将来也是孙子的。孙子听了无比神往无比自豪——一幅多美的画啊！儿子从乡下回来，常向我们说起他已有了两丘田和一片山，与我们拌嘴时还说以后不准我们吃他田里的饭。

然而随着年龄的增长，儿子却不再提起了。我想，当母亲再次向她的孙子说起那丘田那片山，面对孙子表现出的不屑神情，她内心该有多伤心和失落。

儿子上到了中学，已经懂事。我常吩咐他给婆打电话，故意问起那山上的树有没有人砍，田里的稻谷长得好不好。从儿子的对话中，我已经感受到他们交流得很快乐。我仿佛看见母亲像小孩一样稚灿的笑容。我更相信母亲明天会去那山间田埂转上一圈，为她的孙子看护好这些东西。儿子放下电话给我扮鬼脸，说婆的耳朵越来越灵敏了，说什么都听得见。其实，母亲只是对她感兴趣的事物反应敏锐，别的事物一概不能撞响她被岁月侵蚀了的鼓膜。

七十二岁的母亲出现了轻度老年痴呆症状，常常是将说过的话过一阵又重新说一遍，而且没有逻辑性。如果不认真听并不断回答她的问题，她很快就会睡着。每次回乡下小住或母亲进城，我首要任务就是听母亲唠叨。我害怕母亲突然睡着再也不醒来。有那么一天，我真希望陪在她身边，一边回答她没完没了的问题，让她慢慢而安详地走远。

最近几年我常接到父亲有关村里某位老人去世的电话。放下电话，我会很长一段时间不能从电话里走出来。我真的害怕哪一天这个电话是关于母亲的，或者这个电话永远地从我世界里消失，不再响起。

我出生时，天正落着大雪。母亲说，大雪是冬小麦的被子，雪落得越大麦子会长得越好。还说我就是一株冬小麦，将来一定会过得很好。多年来我一直有这个习惯，在下雪的时候都要给母亲打一个电话，问雪大不大，山上是不是全白了。末了，叮嘱她要多穿些衣服。有时我也在想，如果哪天电话的那头没有了母亲的声音，我该怎么办，是不是还会在每年冬天里期盼大雪的到来。

古稀之年的母亲并不害怕死亡，然而却非常害怕孤独。在母亲害怕孤独的岁月里，儿女们都不在她身边。前几年母亲说过要去深圳看小妹，最近也不说了。去年我与姐妹商量，安排母亲去深圳玩一趟。母亲听后却坚决不同意，说怕万一死在了外面，魂找不到回家的路。她一直坚信人是有魂魄的，人一旦死在外面，魂就会迷路，魂走失了，人便不能在地下安寝、荫佑后人。

母亲不常进城来住，有时好不容易下决心来一趟，人还在门外就说明天要回去。这时，我会在接过背篓后顶她几句，东西放这，你可以回家了，难得脱鞋。母亲知道我不高兴，憨憨地笑，不理我，去和孙子说话。为了弥补我的过失，我一直坚持不准儿子喊母亲奶奶，得按北溶喊法，叫婆。因为是从小开始的，所以儿子喊得很亲热很暖心。这让我感到有些宽慰，我带给母亲的隐疼可以让儿子来弥补了。

前年我出了一场大的车祸，右胸八根肋骨骨折并血气胸，差一点儿就离母亲而去了。我吩咐爱人给父亲打电话一定要避着母亲。父亲接到电话后一夜未睡，盼着天亮。一向思维迟缓的母亲这夜却异常精明，一个劲地追问电话内容。父亲始终没有松口，只说儿子出差要他守家照看孙子。

父亲走后的第二天晚上，母亲怎么也睡不着，仿佛是一种母子连心的感召。没有等到天亮，母亲就找来父亲那把充电电筒，跌跌绊绊向北溶码头走去。不知母亲是怎样握着那把电量不足的电筒走出大山的。到了北溶码头，天还是漆黑一团。集镇早在几年前就迁走了，散满瓦砾的街道一派死样的沉静，只有河风掀着水浪拍着一团混沌的码头。母亲是一个非常怕黑的人，那一夜，我敢肯定她身边没有黑暗。

母亲坐上第一趟船，在城东码头泊岸时才十点多钟。可我见到母亲已是下午三点了。我的病房在六楼，家人推着我去一楼影像科照片。从电梯间出来，一个神色慌乱的老人扑向我。母亲的突然出现，让全家人一下呆住了。后来听医院工作人员说，母亲已来大厅很长一段时间了，只要见着有病人推过来，母亲都要扑上去查看。看着慌恐茫然、喃喃自语的老人，以为是哪位病人的家属受了刺激精神失常，不敢前去询问。母亲不懂坐电梯，也不知道儿子在哪里，只能在大厅里守候。

我第一眼见到母亲时不禁落下泪来。这是我车祸后第一次落泪，再剧烈剐骨的疼痛也不曾使我有泪流出来。我想，如果我当时没有抢救过来，母亲此时会怎么样，将来又怎么样。她一定会后悔当年不该给我买那套衣服，没有那套衣服儿子也许就不会来到这个城市，没有来到这个城市就不会出这场车祸。母亲一把握住我的手——儿啊，怎成这样子了呀——便不再说话……

第二天，当父亲告诉她儿子已经没有了生命危险才开口说话。我是在她断断续续、逻辑混乱的叙述中知道她是怎样来到这里的。

骨裂的疼痛让我彻夜不能入睡，父亲、爱人、小妹轮班给我全身做按摩，这样可以减轻一点痛苦。有一天夜里，我迷迷糊糊睡了一小会儿，疼痛再次让我从小睡中醒来却没有看到母亲。我问母亲去哪里了，已经困极了的爱人与小妹这才回过神来，四下寻找。她们在医院大楼左侧的墙基处找到母亲。母亲被一些人围着，指指点点，一位保安在大声呵斥。母亲正在那里专注而虔诚地烧着纸钱，打发各路冤魂野鬼。我的外婆死于车祸。母亲坚信我的车祸与外婆有关，外婆的魂还没回家，来找她的外孙作伴来了。每年母亲都要去外婆出事的那个公路上烧些纸钱，一边喊着外婆，一边领着往家里走。母亲想外婆此时就在这个医院周围游荡，她要将外婆的魂领回家去，不要再来找我了。我想，如果当时我在场，我会央求那位保安等母亲将钱纸烧完后再离开的。我会指着那位年轻保安说，从母亲那张映着纸火的脸上可以看到他自己的母亲。

食指慢慢叠上中指，像在爬一座山峰；一阵轻风拂过，似有被拖剐去了一块骨肉。疼痛犹如波浪般一阵阵袭来，我本该就此失去思想，但却感到一阵轻松，觉得被疼痛折磨得七零八碎的肉体和精神连在了一起，回归了母亲的怀抱。

从我居住的文化大楼到医院要走近三十分钟的路。母亲坚决不肯坐车，小妹只好领着母亲往医院步行。走着走着，母亲就走失了。小妹急忙回转身去寻找。母亲曾有多次在大街上走失的经历，这个时候如果走失就更加乱中添乱了。小妹怕我着急没有给我打电话，爱人接过电话后匆匆离开了病房。这时我就有种预感，电话内容许是有关母亲的。小妹与爱人找到母亲的时候，母亲手中正拿着一本杂志，神色茫然地寻找小妹。小妹是个急性子，加上心里着急，一个劲地数落母亲。母亲像个做了错事的小孩，任凭小妹数落不敢还嘴。小妹抢过母亲手中的杂志，一口咬定是书刊亭老板诳母亲，要将杂志退掉。母亲这才低声说道，你哥哥喜欢看这种书。

在家养病的两年中，是我对文学最痴迷的时期。记得当时我最喜欢的文学杂志就是《当代》，常常是进城买药的时候，去书刊亭买回来读。母亲见我没日没夜地看书怕影响身体，不准我夜里借着煤油灯看书。我骗母亲说，看书可以让我觉得不那么痛了。谁知这句话母亲却一直记在心上。

我问母亲，你怎么记得我喜欢看这本杂志？母亲用手指点了点封面上的那个"代"字。在老家，人们都将"代"字认定是"戴"的简写，一直都是这么认、写的。母亲不识字，却牢牢地记住了这个"代"字。小妹听后，讪笑母亲，如果看书可以帮哥哥治病，我这就去买一车书来。然而我却笑不出来，只觉得手里握着这本书，身体真的就不那么疼痛了。我将杂志放在枕边，尽管看不静心，但当着母亲的面我还是装着样子拿出没有目的地翻阅。

母亲在城里呆到不到第三天，就开始念叨起家里的鸡与圈里的猪，十分担心起它们来。到了第五天，母亲终于忍不住开口说她要回家了，留下父亲陪护我。母亲回家后第三天就托人打来电话，说自己病了，要父亲回去。接到电话全家人急得团团转，赶紧叫父亲回去照看母亲。父亲回家后打来电话，说母亲的病并不打紧，吃了几粒药丸就好了。父亲第二次进城带来了一碗回锅肉，说是母亲专门给我做的。因为剧烈的疼痛，我一点儿食欲也没有，爱人做什么好吃的我都吃不下。母亲看在眼里记在了心上。我接过父亲手中的回锅肉，什么话也说不出来。在母亲眼里我一直还没有长大，仍停留在外婆抢我盛着肉的碗的记忆里。一九八三年农村分田到户后，母亲就一直坚持喂猪，每年杀一头年猪成了母亲最大的愿望。

过了几天，母亲又打来电话，说是病又犯了。父亲只好又匆匆赶回家。爱人说母亲真是老得糊涂了，躺在病床上的可是她的儿子呀。我只好安慰爱人，因为你太出色了，母亲觉得将我交给你，她已是很放心。像我当年一样，我不是不想帮母亲做事，是不愿做农活。母亲不是不想陪我，只是这个陌生的城市让她心神不定，甚至是恐惧。母亲对城市的排斥超出了我的想象。

母亲言行的凌乱与反常，除了年龄上的原因，应该有一种潜意识在里面。一些高兴的事情或某些隐痛，会突然因了一句话一个事件或某个记忆片段，在她沉寂的世界里亮了那么一下，然后熄灭。我的外婆当年就是在伸向县城那条公路上被车撞死的。今天儿子又险些丧命，她对伤痛承受的能力底线就是回避了。父亲再次上来的时候，又带来了一碗回锅肉。除了回锅肉，这次母亲还带来一罐金樱子汤。原来母亲是怕我吃了回锅肉后拉肚子，才叫父亲回去取金樱子汤的。金樱子汤不仅能涩肠止泻，还有止血散瘀的功效，我一口气喝下一大碗。我一边喝泪水一边从眼眶溢出来。不知是汤水呛的，还是我已经忘记了流泪这种情感的表达方式，憋得太久，突然回归到一个作为母亲儿子的身份。一个男人，只有这个时候才会用泪水表达自己的内心世界啊。

天越来越冷，出院的那天夜里就落起了大雪，起来时窗外已是白茫一片。看着窗外飞舞的大雪，我突然有一种强烈想见到母亲的愿望。我想起母亲的那句话，你就是一株冬小麦，会过得很好的。生命中是有许多巧合与偶然的，这样才会使负重的生命个体充满惊奇。从死亡线折身走回来，刚好就巧遇了这场漫天飞舞的大雪。我挣脱爱人与儿子的搀扶，身影踉跄地走在雪幕中，就像当年第一次挣脱母亲的怀抱，蹒跚学步。我掏出手机，拨通了母亲的电话。

今年的雪真大啊，明年的冬小麦一定长得好。母亲说，是啊，好多年没落这么大的雪了。我说你得穿厚点，给你买的新棉衣别舍不得穿。母亲说她一点儿也不觉得冷，过去还要去雪地里割牛草，现在下雪整天围在炉火前哪会冻得了？你的身体没复原，别老想着冬小麦，自己保重好身体，穿暖些。我在心底说，冷不到我，我有一条万能无比的被子。

在城市里虽然不能种冬小麦，却让我相信了母亲那句话，大雪是冬小麦的被子；也终于明白为什么雪落得越大，冬小麦就长得越青苗的道理。大雪是被子，还有什么寒冷可以侵袭我的生命。我会过得越来越好。

车祸后的第二年，我有一个调去省城工作的机会。母亲说，三搬三穷，沅陵好好的去省城干吗？她还打比方说，知道兔子为什么长得那么瘦吗，都是挪窝挪的；肥头大耳的鼠猪从生出来就一个穴，巴茅竹茔年年都会长，饿不了它。儿子大了，一些事情她已经不能做主，只好用一些道理留住我。最终我没有去省城工作，不是因为母亲这些道理。留在沅陵我可以常去乡下小住，母亲杀了年猪可以给我们送一块后膀肉来，想我们就可坐船进城来住上一两天。如果去了省城，那真就离母亲越来越远了。

前些日子，村里重新调整田地分配，父亲打电话征求我意见，我说，将份外的都给村里其他人吧，留着也没人耕种。这个决定遭到母亲的反对，老鹰飞得再高也有个窝，哪天城里呆不下去了，回来也好有个落脚处。母亲用一种粗粮将我们养大，用"穿不过棉、吃不过田"这个理论教我们生活、生存。母亲的一切都是唯一的，说一种方言，一种生活方式，出生、成长、死去，也会是同一个地方。母亲像一棵树，永远都长在原地，是我在忽远忽近。

大雪是被子

儿子喜欢吃面食，让我常想起故园晾岩坪后的那片麦地。一次我随意问道，你知道麦子什么季节种又什么季节收？春种秋收，儿子想了想应道。我没有立刻纠正，童年的逻辑与常识不忍推翻。母亲在一旁说，孙子这么爱吃面食，明年亲手种块冬小麦。又一天，儿子冷不丁问，婆的冬小麦熟了没有，我不知该怎么回答。我知道母亲并没有在秋后播下麦种，只好说，还没有下雪呢，哪天下大雪了，麦子才会长出来。

童年的注意力是恍忽飘移的，很快就有新的事物进入他的世界。天越来越冷，路上行人竖着高高的领子，行色匆促。冬至刚过，风停了，早晨起来窗外白茫茫一片，儿子的记忆又活了，问，婆的麦子是否已经长出来。

雪还不够大呢。我说。

其实，我在童年的时候也有过这种疑惑。在故园种麦子的人并不多，不知是产量低，还是这种秋种夏收的生长周期，有悖南方人的思维程式。家里最后一次种小麦，具体是哪一年，我已是记不得了。

不过母亲的一句话，我却记得很真切。她说，雪落得越大，来年的麦子就长得越青绿。到今天，对这句话我也是不甚懂。记得当时母亲是这么解释的，大雪是小麦的被子，被子盖得厚，自然就不会冻坏了。

母亲还告诉我，其实我也是一株冬小麦，在那年的第一场大雪中种下的。我第一眼看到的世界，是一望无际的白。大雪是被子，我应该是暖和的，至少在童年时，我从未有过怀疑。后来，我真的就长成了一株冬小麦，是母亲不曾预想到的。对春种秋收、顺节循令的生命态度开始质疑，我的忧郁就开始了。

麦地常把我对故园的记忆停留在冬天里，泛着白色的光，寒冷又温暖。

我家的西头有个小山岭，辗过去，便是一大片堆满乱石的荒坡，村里人都叫它晾岩坪。为什么叫晾岩坪，我一直找不到答案。方圆十多亩的荒坡，要找一个可以放得下两张方桌围拢来吃饭的地方都不可能。不知道这个"坪"的概念是从哪里来的，我想，这个考证应归于心理学范畴。比起这个坪字，那些错乱无序的石块就好解释得多，缘于很多年前的一次山体大滑坡。

我童年的大半日子就散落在这片杂草丛生的乱石间里。每个石块上、岩缝间，都藏着我的财富，是我永远也挖掘不尽的宝藏。

这是属于我的任何人不能觊觎的私人财产，一直以来，我都是这么认为的。

晾岩坪有两只浑身发金光的兔子出没，这是个传说。祖母说，只有没有脱完乳牙的童子才有机会遇见。我自豪地摸着自己的牙床开始守候，态度虔诚。太阳花山，太阳线缓缓扫过晾岩坪至满月初上银辉抹过西岭，这段时间是白兔出没时机，也是我等待大人们晚归的时刻，没有人干扰我的守候。那个年代，大人们总有忙不完的事情，饥饿像一把利剑悬在每一个人头顶，只好用这个美丽的传说抚慰。可我认定这个传说是真实的，就像那颗留在牙床最后的乳牙。

红红的太阳慢慢向西边山岭移去，一枚枚错落无序的岩石像是被驱散的羊群，突然听到一声响鞭戛然停在了那儿，一动不动。绵延的山岭在晾岩坪投下一道美丽的太阳线，光线里的景物通透鲜亮，阴影里的一切朦胧虚幻。我静静蛰伏在一块岩石后面，等待那只白兔出现。闪亮的太阳线慢慢从西沿向这边扫移过来，整个晾岩坪像一块缓缓浸入水中的布面，缓缓浸洇开来。

我终于等到了，就在太阳线与月辉交汇的刹那，两只传说中的白兔出现在前面岩石间的草坪。身子站立，前腿双双高举，相扑而嬉。母亲一口咬定我是刚睡醒时，光晕了眼。我不以为是幻觉，坚持要挖到真正的金兔子来证明。逐着太阳线，我挥锄而掘；银辉下，我失望而归。我固执地认为是地方记错了，想等白兔再次出现重新定位。往后的蛰伏等待，漫长而寂寞，直至成年。

我没有见过祖父，父亲也不能给我一些有关祖父的描述，因为祖父走的那年，父亲才四岁，他对父亲的仅停留在某次饥饿的记忆里。我是这个家族的长孙，也是独子。我承担着许多成年后才明白的使命与责任。祖母、大姑、小姑都走了，她们静静地睡在我回家必经的路旁。斜阳下野菊花开得恣意，让我每次经过都无比温暖。姐姐及两个妹妹远在深圳谋生，留下母亲一个女人守望村头。这个家族的全部阴柔与母性，全都给了我。正因为此，我才成了一株顽强的冬小麦。我的血性、执着及心底的个人英雄主义，缘于对这份阴柔与母性的保护。

母亲坚决不同意来城市住，说大街上人多像会移动带刺的树。父亲也未能做通她的工作，拿父亲的话说，已经锈在山里头了，拔出来就断了。我想也是的。一个老人的思维与逻辑是最接近童年的，老人与童年又是最接近乡村的。这让我想起，有一次手掌里蜇了芒刺，母亲在一棵刺树杆上剖下一枚更大的芒刺，帮我剔。蜇入皮下的芒刺被母亲剔了出来，可剔刺的芒刺又留在了里面。那种刺痛如今还留在我的记忆里。我很少主动与人握手，总觉得那枚芒刺还在里面。手握得越紧，这种记忆就越清晰。

除去那两只白兔，在那片晾岩坪的岩缝地穴里，还生活着许多长着龟纹的虫子。大人们去村里上工，常是很晚回来，白天的日子漫长得像身后的影子，赶不走。我将一个洞穴沉积的泥沙掏空，捉来几只甲壳虫丢进去，然后去捧泥沙掩埋。每次，当我捧来下一捧泥沙回来时，都发现甲壳虫拼命抖落压在身上的沙土，从底下张牙舞爪地爬出来，惊慌失措地举头四顾。于是，我就继续往洞穴里灌泥沙，它又重复先前的动作。最后，甲壳虫会踩着慢慢垫高的泥沙，在我离开去捧一下捧泥沙回来前逃离掉。

甲壳虫的逃生本领，教会了我怎样在这座城市里生活，并适应这里的秩序。像冬小麦，把越积越厚的大雪当被子，抵御深冬的严寒。

记得两年前回家过年，见生活在乡下的侄儿们在玩这个游戏，忍不住去参与。将手里的泥沙倒进洞穴后，立即去捧第二捧。回来时，却惊诧地发现那只甲壳虫不见了。应该不会这么快，我想。于是找来一个木棒捣，拨开泥沙，它果然还在里面。甲壳虫怎么没有在我的预料中爬到泥沙上面来呢？当我找到答案时，我的心变得很沉重。我的手变大了，捧的泥沙足以让它失去逃生的机会。一个成人的阴谋太可怕了。生命，有时是需要童话来温暖的。

如今儿子上了初中，他已经知道什么时候种麦子了，自然再不会在有雪的日子询问奶奶的麦子熟了没有。麦地被我留在了乡村，留在了慢慢走远的记忆里。城市有新的秩序，这些秩序会改变人的一些习惯与态度。

多年来，我一直有这个习惯，在下雪的时候，都要给母亲打一个电话，询问雪大不大，山上是不是全白了。末了，叮嘱她要多穿些衣服。有时我也在想，如果哪天电话的那头没有了母亲的声音，我该怎么办，是不是还会在每年冬天里期盼大雪的到来。

有时我也觉得很孤独，很寒冷，可想起母亲那句话，雪落得越大，麦子就越青绿，心里就会温暖开来。一株冬小麦，在雪后的坡地慢慢生长。

山雀娘飞过溪涧

清明刚过，几个连续太阳天，牛绳溪因山洪冲刷堆积起来的沙渚，沿溪就坳开垦的田坎坡沿，嫩蕺如脂的酸脖子开始冒头出来，畏畏缩缩。惊蛰后，牛绳溪睡醒过来，浅水处水草听着水声悄然生长。菖蒲，短剑形状的叶子流脂滴翠，刚长出翅膀未羽化完全的绿头或红翅蜻蜓停在上面，阳光从溪岸树丛间挤射过来，将蜻蜓连同菖蒲叶片倒映在晃动溪水里。黛绿的苔藓包裹着从溪水里拱出半个身子的岩石，湿漉漉如从水里提出铺晾在石块上的绿绒毯。这种苔藓植物是自然界的拓荒者，分泌一种液体，日久天长慢慢溶解岩石，将这些坚硬的岩石泥化变小，最终沉到水底去。

牛绳溪给童年带来过美好想象。说是一个老人牵着头瘦得见骨头的水牯来犁赶水田，早上出门天空还阴阴浸浸，一袋烟锅工夫，天高云匿，太阳如炬，不一会儿将水田里的水晒干。田没法继续犁下去，老人生气将那头瘦水牯歇轭，解下系牛鼻的棕绳朝天上抛去，如一条细水蛇在空中扭腰翻转，落下来就变成了这条活崩乱跳七拐八弯的小溪。这个故事是我小时候听到众多故事中最有创意的一个，如今还温暖着我有关故乡的关系。

酸脖子学名叫虎杖，我是最近才知道的。许多物事，随着知识与常识的增长变得寡淡无味，全没了那份柔软细致与童稚趣味。为何叫虎杖，我想是因为它浑身有虎斑一样的斑纹点吧，这样着实不免牵强得很，倒觉得那些暗红斑点像极小孩粉嫩脸上出的水豆。剥去长满水豆的外皮，肉脂嫩绿浸润着皮肤的色泽，咬上一口酸爽润脆至极，不等咬上第二口，那股酸爽之感直逼颈脖，令人毛发直立，口中涎液如注，接着会不自觉猛地闭眼甩头，仿佛到了某种快乐又难受之巅，一切生理过程全然一气呵成。如此，酸脖子这个名字更让人记住不忘。

在那个到处都充斥着饥饿的年代，人们的想象力全是有关生存与生命层面的，如牛绳溪的名字。唯有童年，除去饥饿带来的恐惧，仍有很多想象与梦有关，有着无限奇幻的创意。

姐姐家往东捋着山势走十来分钟，过一条小溪就到老家了。姐姐准备了午餐，爱人担心我肠胃差，在清亮的小溪里将姐姐在山里采来的野菜一根一叶细致清洗，我却仍然在他们还没有把桌上的菜尝遍就结束了。这个毛病怎么也改不掉。那种饥不择食，狼吞虎咽的习惯，先是生理行为，慢慢变成心理行为，往后漫长日子里又重回到生理行为。吃得慢就吃不出食物的味道，体会不到吃饱的快意与满足。直到现在我仍不喜欢吃需要削皮去壳吐籽的食物，会选择那种像苹果、梨子之类，一满口下去才有真实感与安全感。

我家背后一座很高的山，东麓连接着一座水牛脊背形状的山梁，连接处低陷下来的垭口，叫庙垭。庙垭不见庙，问村里长辈，也说没听哪位先人们说过这里曾经有庙。乡村许多地名就是这么奇怪存在着，叫滩的不见沙，叫溪的不见水，更有叫坪却是一处坡，很陡的坡，深究下去会到哲学层面。一方山水养一方人，全是当地人的愿景，不忍说破，更不忍去认真追问。

翻过庙垭，眼前出现开阔一些的视野，这种豁然开朗也仅是一种先前逼仄对比，心理上的。山脚一条从后背高山深涧流来的小溪，就是牛绳溪，拐弯处一块不到五亩大小坪湾，五丘水田高低错落醉酒般静卧在那里。这个地方叫月牙湾，小时候并未觉得这名字好，诗意更是现在回想起来的意象，让某种逃离有了一种冠冕堂皇的藉口。

节令过谷雨，到了插秧季节，先前缩头缩脑战战兢兢打探春天的酸脖子长到一人多高，一排排一簇簇如楠竹笋冲天而立，在空旷沙渚与没有杂草的溪岸，长得恣意醒目。一些长满灌丛刺蔓的地方，几个杆梢露显出来，以为矮小，用手去拽才发现原来是最粗壮的一根，惊喜被我们的尖叫与炫耀之声放大，在窄狭的溪谷里回荡。

在老周儿独生女朵朵来月牙湾之前，酸脖子如它的名字一样，只停留在饥饿与味觉上，不曾想过会与音乐扯上半点关系。朵朵是在那年下第一场雪时来我们村的。母亲背篓里斜放着一个老皮南瓜，手中提一小袋焐得黄里透红的冬梨，我不远不近跟在身后，稀稀落落的雪片有些懒散地在空中飞舞。来到老周儿家，母亲放下背篓，在那个寒冷的冬日，母亲的话是温暖的，老周儿的声音却有些哽咽。他们说话的时候，我在屋外草坪雪地发现了一行小小脚印，往前走见一个穿红棉袄的女孩，在用手中竹棍拨弄一棵矮柚子树上的积雪。老周儿说，朵朵前天才来，她妈妈送来的。

老周儿来我们村之前是麻风病专家，村里人弄不明白，以为老周儿有麻风病，避着绕路走。村里干部商量，将月牙湾山坳处以前知青茶场留下来的房子让给老周儿与他女儿居住。

清明忙种麦，谷雨种大田。月牙湾闹热起来，山雀娘拖着它长长的黑白搭配适宜的漂亮尾巴，一遍一遍从溪涧飞过，常常无预感突然折返，每一次都会让我们不自觉抬头看，仰得老高的头像被牵着一根线，顺着它飞翔的轨迹转动。溪涧的风有些怪异，明明看到身边的草尖并未晃动，山雀娘却被风吹得在空中翻跟斗，眼看会掉下来，却见它翅膀一折，瞬间借着风力消融在远处绿色中。

月牙湾靠牛绳溪上游的葫芦田，水源有保证，光照足，中间围出一块方型格子做秧田。插秧手脚慢的人被分派到秧田扯苗扎捆，等到下面大田里打厢插秧的人催喊，才提了几捆秧苗站在田埂上用力抛过去，口中哟嗬一声蓄力，有时会落在某个人跟前，溅一脸泥水，嗔怪笑骂声乱成一团。我们几个小孩在溪畔山坡上找茶苞、山莓和樱桃吃，一遍一遍翻找，确定不会再发现奇迹，才回到溪畔剥酸脖子吃。

朵朵在城里长大，不知道哪些山果能吃，哪些有毒吃不得，那些稀奇古怪的花草更让她好奇，追着我问个没完没了。那片遗弃的茶林是我们最爱去的地方，尽管肚子饿得咕咕叫，看到白嫩白嫩的茶泡和茶耳，她却并不敢吃，等我吃下几个后才犹犹豫豫往嘴巴上送。我告诉她茶泡茶耳吃法有讲究，不能心急，等表面蜕皮露出米白色肉质时苦涩味才完全消退。尽管这么教她，自己却常常等不到蜕皮的那一天。茶林边角坡沿还有一种刺泡，长得如红宝石，吃下去酸甜沁心，可惜周身全是刺，不易采摘。比刺泡更艳丽更漂亮的还是蛇莓，朵朵第一次发现开心得不行，我赶紧跑过去用手拍掉她捧在手心里的蛇莓，大声说，这个有毒，不能吃，会死人的……

记得朵朵来月牙湾的第一个春天，我们几个伙伴在茶林找茶泡吃，回来路过她家屋头时，想着去找她玩耍。屋里不见人影，找到她时，她斜卧在一处长满蜈蚣草的坡坎，伸手拖她起来像扶一个陷在软泥里装着米糠的麻布袋子，瘫软无气，两眼直直盯着前方。我知道她准是饿坏了，一捧茶泡吃完，眼睛才慢慢有了光泽。回过阳来的不单单是身体，还有好奇心，她又开始向我们问身边一些花草的名字。

其实我同样有很多植物叫不上名字，只是不愿认怂。

櫟木开花细茸茸，
板栗开花像毛虫，
梨树开花一场雪；
悬铃开花挂灯笼。

这是母亲教给我的一首儿歌，我教给了朵朵。

山上能吃的能找到的东西，都被我们清扫干净，只剩下酸脖子永远吃不完，沙渚、沿溪的田坎坡沿，生长得太多。就在这个时候，奇幻的想法开始了，我们将剥去外皮的空筒管衔在口中吹气玩耍，不经意间吹出了比山雀娘叫声还动听的声音。我要用它做笛子，这个想法在心底萌发便不可遏制。一次次失败，一次次重来。再看伙伴们手中的笛子，同样没有一个成功，做的过程中不是不小心弄破，就是做着做着干脆嚼上一口吃起来，一边吃一边相互嗔怪对方。只有朵朵远远一个人坐在一棵枫杨树下，专注安静地做着笛子，周围是疯长的双盖蕨与小蓬草，一阵山风吹来，像绿色的水浪前呼后拥。我慢慢捋出每次失败的原因，剥去外皮的筒管太嫩脆，只有带皮做好后再褪皮才不会破掉。我找来带锯齿的镰刀，挑选一根笔直粗壮的酸脖子，旋转着切割下一截笛子长短的筒管，然后自上而下撕剥掉音孔直径大小宽窄的一缕外皮，将筒管压陷进田埂边刚辗推上来的软泥里固定牢稳，再挑选一根音孔大小的细木棍放在掌心，双手合上滚动搓揉。这个创意来自父亲做木工时的手动木钻。钻好六个排列均匀的指孔与吹孔后，努力回想着老师手中笛子的样子，才猛然想到原来忘了钻音孔。我将筒管反转过来，褪去反面同样音孔一般宽窄的外皮。担心把做好的指孔弄脏，我摘来几片宽大的桐树叶垫铺在下面，重新将筒管压进原来的软泥凹槽，用同样的方法钻出了出音孔。

最后还是忘掉了钻膜孔，将筒管外皮全部褪掉后才想起来。不想前功尽弃，钻膜孔时，我用掉了童年所有的耐心与定力。选择用什么做音膜，着实让我伤透脑筋，最先想到用父亲的卷烟纸蘸上水，接着想到用薄树叶，这些都不能起到音膜效果，主要原因还是系不牢实，漏风。一次一次失败后，想到了用酸脖子的皮瓤。选中一根刚长出地面的酸脖子嫩笋，剥下外皮，刮掉皮下瓤肉，对着天空照，一边刮一边照，一边照一边刮，直到可以看见云朵为止。

头上的太阳越来越红，草丛与土穴里的虫子叫声越来越大，越来越多。毛茛花开得絮絮叨叨，棣棠花开得孤傲灿烂，唯有草籽花开得铺张浪费，岩缝石隙，坡坎坑穴，处处都有它们的身影，繁忙的蜜蜂与刚刚羽化还飞不自如的蝴蝶黏在身边。一阵风过，密密的野麻叶将乳白色背面一浪一浪翻转过来，白白的浪花从一处坡坳荡向另一处坡坳，最后在靠近山脚的那丘水田边爬上坡坎，并一路向坡地的远处荡去，消失在远处绿海里。

朵朵是什么时候来到我身边的，我不知道。我拿着刚做好的笛子，拇指抵着笛管，其余手指放在指孔上，像模像样，却怎么也吹不响，现在回想起来当时的样子一定狼狈得不行。这时我听见了咯咯的笑声，一只小手伸向我，你的笛子漏着风呢，怎么吹得响啰，笨蛋，你没有做音塞呢。朵朵手心握着一个揉得很圆润的泥团说，我帮你，你握好，把这个泥团塞进去就可以了。塞好后，果真吹出了声音，不过，任我怎么变换角度，变换姿势口型，仍只能发出几个悦耳的单个音节。朵朵再次咯咯笑起来，将我手中的笛子要了过去。

她先试了一下声，哆来咪发嗦，动听阅耳的笛音瞬间被她从酸脖子笛子里吹出来，接下来她竟吹出了一段旋律，甜美又忧伤，是不久前村里晒谷场放过一部叫《小花》电影里的插曲《妹妹找哥泪花流》。我张大眼睛望着她说，你吹得真好，谁教你的啊。朵朵说，我妈教的。我说你妈真厉害，她却不再接话。朵朵的妈自从上次送朵朵来我们村后，就再也没有来过。

我陶醉地看着朵朵吹着笛子，白胖胖的手指像使了某种魔法，灵巧地上下律动，第一次发现她长得真好看，与村里其他女孩不一样，到底哪儿不一样却又说不上来。朵朵不知道我在看她，黑亮亮的独角辫梢扎着的蓝色蝴蝶结，在太阳下闪着蓝蓝的光亮。我忍不住想伸手去摸，朵朵本能后退了一下，别过身去。

村里其他小孩也和我一样爱找朵朵玩，他们和我不一样，总爱逗朵朵，说她的辫子像山雀娘的尾巴。朵朵不知道山雀娘是什么，以为笑她爸爸给她梳的辫子丑，眼泪都快流下来。朵朵的爸爸只会梳独角辫，一个又长又油黑的独辫子，像极了一个感叹号坠在朵朵身后。

朵朵住的房子后面坡上有两蔸很高很高笔直的枫树，要三个大人才能合臂围上。枫叶比其他树木叶子要红得早，才过霜降，满树已是一派血红，远远看去，像两束冲天而起的火焰。有风吹过，叶片纷纷扬扬在空中翻着跟斗，散落在树丛里和草坡上。枫树的树身光滑蛇都爬不上去，快到树冠才有分叉的树枝。最吸引我的还不是它如火的颜色，而是树巅枝丫上那个黑黑圆圆的大鸟窝。我用手指着枫树上的鸟窝对朵朵说，那就是山雀娘的家，朵朵将信将疑把头仰得老高。

山雀娘是最漂亮的鸟呢，它的长尾巴漂亮得不得了，朵朵听后开心地笑了。

我们都喜欢山雀娘还有另一个原因，它是寻找食物的向导，它飞到哪里那里准有我们喜欢吃的山果，特别是樱桃。山樱桃大多是酒樱桃，味涩，吃多了还会醉，我就有过一次醉得听不见母亲站在山梁喊我。我们只需跟着山雀娘的长尾巴飞跑，一会儿就在不远处的一个浓密林子里找到鲜红可口的肥甜樱桃了。

记忆里，这个鸟窝一直在那里。母亲说，山雀娘是最恋家的鸟，一生只属于一座山，一棵树，一个窝，一个家。不知道是山雀娘天性胆小，还是比其他鸟类智慧，把家筑在月牙湾最高的那棵枫树之巅，它在以一种与世无争的优雅姿态俯视万物生长。

小学毕业那年，老周儿带着朵朵离开了月牙湾，进城恢复了工作。从此我再也没有见到朵朵，与他们相关的信息也极少。听母亲说后来老周儿来过我们家，带了很多礼品，说是感谢母亲在那个寒冷的雪天给他送去的老皮南瓜与冬梨，让他的宝贝女儿朵朵活下来。

后来村里一些年轻人开始南下外出打工挣钱，一个、二个、三个，慢慢村子就空了。今年清明回乡挂青，在村里转悠一遍，满目尽是凋敝的气息，斜挂在大门前的铁锁生着暗红的锈斑，瓦背年久失修，一些瓦楞脱落掉在生了菌伞的地板上，檩子椽子开始腐烂，蛀木虫在上面安了新家，小心翼翼从下面走过，不时有腐屑飘落下来掉在头上。

回城时间还早，我想一个人去月牙湾走走。爱人坚持要一同去，说是要看看我常挂在嘴边的牛绳溪与月牙湾到底长什么样子。路只剩下隐约的轮廓痕迹，全凭记忆与大致方位取道前行。牛绳溪被掩埋在两岸长拢来的树丛下，水却依然透明清澈，菖蒲与苔藓在阳光下泛着记忆里的光泽。五丘水田完全荒芜，杂草郁郁葱葱，多年没有耕作了。唯有沙渚与溪渚上的酸脖子，肆无忌惮地疯长，还未到谷雨时节，像刚刚冒出头的竹笋，最高也不过半个人身。爱人怂恿我再做一次音笛，我却没了兴致，有些物与事只能活在记忆里，不可再来，如同初恋，重温便是一种错误与伤害。

朵朵住过的房子没了，我在长满杂草的屋场上转了一圈，希望能找到与那个时代与朵朵有关的一些蛛丝马迹，却一无所获。当年老周儿栽下的两棵柚子树已经枝繁叶茂，上面歇满叫不上名字的黑颈短尾小鸟叽叽喳喳叫个不停，它在对突然闯入领地的陌生人发出抗议。太阳有些刺眼，我坐在一块长满苔藓的岩石上，一只红翅蜻蜓飞过来，炫耀着它美丽稚嫩的翅膀，我在等待那只山雀娘从对面山坳的绿树丛中飞来。

　　四十年，一棵树能长多高，有多少鸟来筑过巢；一条山路改过几回道，有多少走兽留下过脚印；还有那条洗过脚的牛绳溪，是否流进了大海，或被菖蒲的根须吸走，漫入葱翠的剑型叶片？自然界的树灌花草，鸟兽虫蚁，都有着自己特有的生命形态与属性；而人的荣辱悲欢，喜怒哀乐，生命属性却与童年无关。

　　生存欲望是本能的，饥饿成了这种欲望的极限挑战，更是最接近死亡的体验。这种体验是纯粹的，也是孤独的，不应该有白云和鸟鸣，却让我看见了山雀娘，拥有了酸脖子音笛。

　　山雀娘的样子介于白颈长尾稚与红嘴长尾喜鹊之间，拖着长尾稚的尾翎，却是喜鹊高处筑巢的习性。我一直不知道它学名，问过朋友，有说叫山爪鸟，叫山召娘更多些。我在想，当年朵朵还不知道有山召娘这个名字，知道了，白天听到它的叫声，看到它长长漂亮的尾巴，夜里会不会遇到妈妈，泪水浸湿枕头？

　　回到家，父亲告诉我，很久没有看见过山雀娘了，还有乌鸦，很多鸟都没了踪影。唯有那些生长饥饿记忆里的植物一直葱茏在我的生命里，在山雀娘飞过的溪涧守着季节生长。

晾岩坪的宝藏

一

晾岩坪的秋天应是最美的季节，狗尾草在暖暖秋风中摇曳，几只不知名的鸟儿，时不时从岩石间草丛蹿出，飞一圈又踅回来，悠然自得停在某个跳出来的石垴上。梳梳翅膀捋捋颈，俨然这片王国的公主。记得我给它取过名字的，好像是叫李花花。怎么就叫李花花，用成人的逻辑是找不出答案的。如同天高地阔，花红草绿。

秋天的阳光温暖而慵散，选择一个平整的岩石坐下来。放目望去，看到全是自己童年的影子，近得可以牵手。可我真的伸出手去，它们又悄然远去，隔着一大堆潮气洇渗的日子。

一个早年离开家乡的人，对家乡的思念往往是有两重性的：具体又飘渺。可以具体到某棵树、某个岭、某条山路，或是家乡的某个人。这样，思念就可以变成回乡的行动。随着一次次回乡，我却又变得茫然起来，反问自己日夜思念的故园真是这个样子吗？随着时间流逝，我便开始慢慢放弃回乡的行动，没日没夜地思念。

这一切似乎与父母仍住在乡下没有多大的关系。拿父亲的话说，一根铁钉扦进大山，日子一久就锈在里头了。父亲很平凡，可我以为他这句话却是绝顶好的诗。

父亲的话我记得不多，除了"钉子锈在山里头了"，另一句是"山深出鹞子"。我想父亲一直不愿离开大山，活得比他人充实，正因为他已锈在山里头，并培养了一只桀骜的鹞子，盘旋在别人羡慕的城市上空。

沅水下游，过了横石滩，顺流左岸有条埋进大山里去的支流，叫白沙溪。溪流没进大山就如同一根绳子缠绕在山脚。往深处去三十里，前面可见一座倒三角形楔子似的山峦，从高处斜插下来将溪流分为左右两股。山坡上散着十几户人家。

若将这条溪水拉直了量，最多也只有十里，用余下二十里很容易计算出这山势的复杂与逶迤。我不明白祖先们为什么选中这片贫瘠的山水，生息并繁衍后代。从村民谨小慎微的性格中，我似乎有些领悟：祖先们一定是被强蛮氏族赶到这深山老林里来的。我没有同情祖先，并一直隐瞒着这个观点。他们的怯弱只会带给我屈辱，我的反叛是这份屈辱积累的结果。

反叛、桀骜，一次次让我深陷城市的陷阱，我会想起生活在故园晾岩坪的那只龟纹甲壳虫来。当求救的哀鸣换来只是埋葬你的泥土，故园的甲壳虫教会了我走出绝境的秘诀，便是拼命抖掉落在背上的泥沙，让本来埋葬你的泥沙成为一级级自救的台阶。

怀念故园常常从一只甲壳虫开始。多年来一直是这样。

回乡下的次数越来越少了，从二十岁一年两三次，到三十岁一年不足一次，近不惑之年，三年也不曾回过一次。这不光是因为一个真正意义上的游子，不会用行动去完成思乡的历程，宁愿用无尽的思念游历故园，其中还有一个最重要的原因：一个外乡人侵占了我的领地。

　　五年前，我携妻带子回乡下过年。翻过最后一道山梁，就看见母亲为我们升起的炊烟，心顿时温暖而恬静。就在此时，我还看见晾岩坪右角坡上，十几根还泛着油脂光泽的柱子，有些病态地支撑起一座简陋的屋架。

　　那是一个外乡人的房子。这个外乡人虽未谋过面，但他的一些坏名声却伴随过我成长。母亲曾用这个外乡人的名字骂过人。我想，可以当成骂人用的人，一定是比被骂的人更坏。我的排斥心理不仅是因了这些，换成另一个人，我同样也会反对的。就像一个女人在浴室不希望有任何窥视的眼睛，哪怕是母亲或自己深爱的丈夫。

　　这件事，父亲之前没有向我透露任何信息，不知道他早就知道我会极力反对，还是这件事根本就不值得征求我的意见。那年春节过得气氛很不好。本来是要住到初六的，我们初二就起身回了城。母亲将我们送过山梁，一路上不停地抹泪。

　　我家的西头有个小山岭，辗过去，便是一大片堆满乱石的荒坡，村里人都叫它晾岩坪。第一次听到这个名字就觉得它美，大山里连石头也是潮湿的，需要风干、晾晒。山神将一坡乱石无序地晾晒在这里，让本来没有体温的石头有了生命的态度和生活的痕迹。

　　方圆十多亩的荒坡，要找一个可以放得下两张方桌围拢来吃饭的地方都不可能。不知道这个"坪"的概念是从哪里来的，我想，这个考证应归于心理学范畴；比起这个坪字，那些错乱无序的石块就好解释得多——山体滑坡。

　　我童年的大半日子就散落在这片杂草丛生的乱石间里。每个石块上、岩缝间，都藏着我的财富，是我永远也挖掘不尽的宝藏。

　　这是属于我的私人财产。一直以来，我都是这么认为的。

二

晾岩坪有两只浑身发金光的兔子出没，这是个传说。祖母说，只有没有脱完乳牙的童子才有机会遇见。高中开哲学课程，同学面对这个词汇一头雾水，我却在童年就遭遇了人生最基础的哲学。

我开始守候，态度虔诚。太阳花山，太阳线缓缓扫过晾岩坪至满月初上，银辉抹过西岭，这段时间是白兔出没时机，也是我等待大人们晚归的时刻，没有人干扰我的守候。那个年代，大人们总有忙不完的事情，饥饿像一把利剑悬在每一个人头顶，只好用这个美丽的传说抚慰。可我认定这个传说是真实的，就像那颗留在牙床最后的乳牙。

红红的太阳慢慢向西边山岭移去，一枚枚错落无序的岩石像是被驱散的羊群，突然听到一声响鞭戛然停在了那儿，一动不动。绵延的山岭在晾岩坪投下一道美丽的太阳线，光线里的景物通透鲜亮，阴影里的一切朦胧虚幻。我静静蛰伏在一块岩石后面，等待那只白兔出现。太阳线慢慢从西沿向这边扫移过来，整个晾岩坪像一块缓缓浸入水中的布面，缓缓浸洇开来。

我终于等到了，就在太阳线与月辉交汇的刹那，两只传说中的白兔出现在前面岩石间的草坪。身子站立，前腿双双高举，相扑而嬉。母亲一口咬定我是刚睡醒时，光晕了眼。我不以为是幻觉，坚持要挖到真正的金兔子来证明。逐着太阳线，我挥锄而掘；银辉下，我失望而归。我固执地认为是地方记错了，想等白兔再次出现重新定位。往后的蛰伏等待，漫长而寂寞，直至成年。

我不知道那个外乡人是不是也知道这个有关金兔子的传说，他来这里目的只是为了一个不着边际的神话？但有一点是可以肯定的，这个外乡人很聪明，他看重了这片荒坡是天然养殖场，没人耕种，用不着圈栏。尽管他编织了许多谎言，说是被族人驱逐，以一个弱者身份入侵来消弱村人的敌意。选择晾岩坪，我想还有一个最为重要原因，那就是晾岩坪是我父亲的山地。

我对父亲对外乡人的暧昧态度很不满，没有他的纵容，外乡人就不可能安得下家来。

事情没有外乡人想象的那么顺利，村人的敌意昭然若揭。碍于父亲面子，村人明里不说什么，暗中却处处给他设局。后来，他选择了另一种自认为有用的策略：恐吓。

据我所知，外乡人从来就不曾拿刀砍过别人，尽管他常说要砍死谁、做掉谁。倒是时常听说他的几个在外谋生的儿子，身上时不时留下几道刀印，自己也常被人凌辱。村人慢慢知道了这些，开始向他公开叫板。当然，我在其中充当了一个并不光彩的角色，一直在暗中唆使村人。我自认为还是一个有素养有良知的人，常以某种人们景仰的形象站在台上演讲，不知道怎就容不下这么一个为了生计逃亡到此的外乡人。

虎有虎威，狐有狐道。外乡人又回到最初的理论上，对我父亲加倍殷勤，甚至到了肉麻地步。父亲没有多少难为情，人老了，需要的就是这份尊重。孤独是一个老人最大的敌人，对这句话的理解我是从父亲这里开始的。它就像一场瘟疫浸蚀着大山，浸蚀着大山里古稀之年的父亲。

父亲不愿意同我们一起住，这件事让我爱人受了一些冤屈。父亲不是不愿意同我们住，而是不愿意来城里住。他离不开那座大山，准确地说，是离不开留在坡岭溪坳里的一堆堆日子。尽管这样，我们在购房装修选购家什的时候，还是会给父母备一份。做这些只是为了我自己，只有这样才能让我安得下心，住在宽敞舒适的房子里想念故园。

"收买"父亲、联姻、恐吓，外乡人变着戏法只为站住脚跟，可一次次变得更糟。许给田姓家的小女在沿海城市打工，见过世面后便不从这门婚事躲了起来。这下可惹恼了田姓家，一口咬定是她父亲唆使，从一开始就是蓄意的，是骗婚。开始，外乡人还想先发制人，反咬一口问田姓家要人，女儿已是许过了门。直到当事人，田家小儿子拿着磨得发亮的斧子站在门口时，他才知道这出戏唱过了，乖乖地将当年用以度过荒年的五担谷子退给田家，并替小女认了错。后来知道，这场纠纷还是我父亲从中周旋才得以平静下来。

因为父亲的态度，外乡人度过了一段平静的日子。接着他就犯下一个原则上的错误，公开向我父亲发起挑衅。我分析原因莫非两种：一是对处理小女与刘姓家小儿子婚事上父亲有偏袒，他心里一直有芥蒂，想伺机报复；二来是想调整一下策略，换种方式拿下父亲。强攻是最有力的防守。

从外地出差回来，我匆匆赶回乡下。事情已经平息，可我不愿就此罢休，因为这是我赶走这个外乡人最好的时机。我的积怨变成了没完没了对父亲的数落。当时我不明白，我会如此得理不饶人，一步一步将父亲往最痛的地方逼。父亲就像个做错了事的孩子，任凭我不停地数落。你这是在跟谁说话？母亲看不下去了。母亲的突然质问，让我的数落戛然而止。是呀，面前正聆听我训话的是我父亲，古稀之年的父亲。我有什么资格，有什么理由以这种目无孝礼的姿态居高临下？就为自己那一点点可怜的恋乡情结？

当我说起外乡人从一开始就是在利用你，利用你在村里的地位。父亲终于忍不住开了口，你一直在说他在利用我，他在利用我什么？你说说看，就你说的晾岩坪那片荒地吗？它到底能值多少钱，值得他挖空心思利用我？他只是一个老人，离黄土只差一步的老人。他向前一步就进土眼了，而你退一步却路宽地阔。

父亲的话让我无言以对。

我想到了那只龟纹甲壳虫，外乡人也许并没有我想象的这么坏，他一次次抖落掉打在背上的泥沙，不正是一个弱者的求生本能吗？

三

父亲一直种着屋边几亩水田，我知道父亲不是因为生计，是怕孤独。近几年来，春寒赶水犁田或是秋天打谷担运，外乡人都有来帮忙。虽然他比父亲还年长几岁，可生存的窘迫与生活的磨难，让他仍旧保持着一副强悍的身板。其实，这些都不能成为父亲交换晾岩坪的条件。我也多次说过，春耕秋收我们可以花钱雇人。

你怎么就不反过来思考一下，是我一直在"利用"他呢？父亲的话让我再一次陷入沉思。父亲一直在"利用"他？在这之前，我确实从来没有这么思考过。父亲在我心里一直都是思维很严谨的人，这也是我从心底敬畏他的地方。父亲四岁时我的祖父就去世了，从小习就了遇事独立思考。后来从二伯与母亲口中，我听到许多关于父亲的往事，听着听着就不禁眼眶潮湿。我的顽强与坚韧就是从那一刻埋下种子的。

发现父亲的孤独已经很久了，只是没有往深处去思考。记得父亲七十岁生日那天，我只身一人回乡下看父亲。姐姐与两个妹妹隔在深圳回不来；儿子要期考，妻子要照看儿子。爷爷是过去，孙子是未来。

门敞着，里面没有人，我喊了好几声也没人应我，便四处寻找。房前屋后寻过一遍，没有发现他们的身影，我就在屋头一块岩石上坐下，等他们回来。等待中，心中不禁掠过一丝不安，于是继续寻找。

在岩墙左侧一苑老板栗树下，终于发现了父亲佝偻的背影。他在玩我童年时的游戏，用一只半死不活的蚱蜢在那儿逗蚂蚁搬家。专注得忘我——这种安静让我透不过气来。半晌，我才轻轻地喊了一声爹。父亲没有听见，我再次轻轻地喊了一声，他才缓缓地回过头，愣愣地看着我，没有任何表情。我想他一定还没有回过神来。爹——父亲终于看清是我，傻傻地看着，憨憨地笑，那神情就像一个孩子见到阔别很久的母亲。再也禁不住的泪水，从一个成年男人的眼眶流出来。

多年来，这个画面一直定格在我的脑海里，挥不去，抹不掉。

父亲真的老了，在儿女们的不经意中。

夜幕围了拢来，一家人围坐在火坑旁拉家常。水开了，父亲泡了两杯茶。我说我不要。是给"晾岩坪人"泡的，母亲接话。我说，什么"晾岩坪人"？母亲对外乡人没有好感，用"晾岩坪人"这个称呼表达自己的态度。后来才知道，外乡人常来我家陪父亲看电视，俩人一边看还一边高谈阔论。

没有人愿意听父亲倾诉，不是他不善言辞，而是在岭西一共就四个老人，二伯、二伯母，再就是我母亲。有些话是不能在亲人面前诉说的，外乡人成了唯一的倾听者。可以想象，外乡人陪我父亲度过多少个大山里黏稠的黑夜，我还有什么理由去推断他的态度真伪，是不是有目的？面对这夜幕下沉寂遥远的山迹，灯光里孤独绰约的身影，我的所有臆断与猜想都变得如此虚伪、无耻和不堪一击。

这次回乡，我放弃了最初的想法：驱逐外乡人。

我一个人慢慢向晾岩坪走去，任何一次都不曾有今天这样的沉重与复杂。以前每次来都是追忆与咀嚼，而这一次是来告别。我以一种特殊的方式放弃我守望多年的宝藏。这种放弃的痛没人能理会，只能隐隐地洇在心里，让它结成钙，核在身体里、生命中。

四

太阳线缓缓向晾岩坪燃过来，周遭一派寂静。该来向那只龟纹甲壳虫告别了。

循着记忆找到那个有一尺多深垂直向下的洞穴，俯下身子，用手将洞穴中的泥沙挖出来。洞穴弄好后，便去捉龟纹甲壳虫。这种跟螃蟹个头相差无几的甲壳虫，在晾岩坪很容易找。

这是我当年蛰伏等待白兔出现时玩的一个游戏。我将一只龟纹甲壳虫丢进洞穴，突如其来的灾难使甲壳虫一时懵了头，蛰伏在穴底一动不动。一会儿，求生的欲望让它变得焦躁不安，张牙舞爪。可任凭它怎么努力，也不能贴着洞壁上爬出来。

照着童年的方法，我用双手去不远处的沙坑里捧泥沙，往洞穴里灌注。只要速度够快，我就能将龟纹甲壳虫埋掉，不然它就会趁我离开再次去捧泥沙间隙，抖落身上的泥沙踩在脚下。等你回来再次往洞穴里灌注，它又会用同样的方法，逃避降临在它身上的灾难。

我将手里的泥沙倾灌下去，学着童年的样子迅速回转身去捧第二捧泥沙。等我有些恶作剧、且幸灾乐祸捧来第二捧泥沙的时候，却没有看见那只龟纹甲壳虫爬出来。跑掉了？我用一个小棍捣了一下，它还埋在里面，没有跑掉。突然觉得这个游戏一点儿也不好玩，我有些失望地跌坐下来。为什么它就爬不出塌在身上的泥沙了呢？过去逃生的本领退化了吗？

手掌里的泥沙慢慢从我松开的指缝里往下漏，看着慢慢从手掌下长起小山似的沙堆，我突然找到了答案。我的手掌变大了，捧来的泥沙足以一次性将它埋掉。龟纹甲壳虫的逃生技巧只能用在一个童年的世界，面对一个成人的阴谋，它就显得如此脆弱。

虽然龟纹甲壳虫逃不出一个成人的力量与阴谋，可它的求生技巧曾无数次成为我在这个成人世界里最为精彩的逃生本领。

龟纹甲壳虫逃不出来了，就让它永远呆在那儿吧，守护我的童年。

外乡人简陋的房子，突兀而顽强地孑立在晾岩坪一角。我知道这里最终会成为外乡人，以及他羊群的领地，留下无数粪便和痰迹。我想，再过好多年以后，晾岩坪就会成为外乡人后人的宝藏。那时，他们就会像我一样去守护。

回头，晾岩坪一派萧瑟，亦一派暖意。

再往前走便是晾岩坪了 / 汪冰点　摄

与乡愁有关

一

……北溶古镇只有一条窄窄的街道，街两边是江南典型的水乡民居。坐船从江面上看，随岸沿蜿蜒开去的吊脚楼似水墨随意画出的一根弧线。在这根弧线某个节点上，有一家公社的供销社店面，专卖农药化肥及生产工具。就在那个被生产工具占去一大半的柜台里，列放着一些书籍。我本来是想买那本《冬天里的春天》的，因为钱不够，才买下只要二元五角的《鸟巢下的风景》。17年后的一天，这本诗集的作者坐汽车转轮船，步行3小时来到了我的老家。国泰兄说，小雨，你让我真的走得辛苦啊，是我做这个栏目走得最远的一次。我说，你有什么委屈的，自从我买下那个"鸟巢"后，它就一直筑在屋门前的那苑松柏树梢，高高的，让我无法抵达。我开始翻箱倒柜，居然在父亲衣柜角落找到了那本窄窄的诗集。那一夜，我们都失眠了。国泰兄就睡在我身边，然而，我真的抵达了吗？山村的夜是很寂静的，一些夜间出没小生命的微弱气息，这一刻在无穷地放大。我们的谈话有时会出现一大段空白，眼睛都直直地望着被木板挡住了的天空。

　　二〇一〇年三月，《文学界》杂志"诗人与故乡"栏目做完最后一期就不再做了。我接到编辑匡国泰兄的电话，要我写几句话。他说他挑了几个有代表性的诗人，围着故乡的那张空了很多年，往后会一直空下去的桌子，吃一回乡愁的合扰宴，也算一次总结吧。国泰兄调侃的话音里，可以轻易嗅出一种悠远的淡淡苍凉。

　　文章开头的这段文字，就是我为最后一期"诗人与故乡"栏目端出的、没放佐料的农家菜。

　　与国泰兄的一切瓜葛都与乡愁和农事有关。我一时想不出有更好的字眼，替换掉"瓜葛"这个听起来似乎不太顺耳的词。因为那本《鸟巢下的风景》，我开始写诗，模仿国泰兄写有关农事与乡愁的诗，从此便溺在里面了。没有人来救我，他说他自己也没有自救的方法，怎么救人？还说我哪天找到了，告诉他一声。那时，国泰兄已是文学湘军的"七小虎"之一，在全国诗歌界都有名气。

　　二〇〇九年六月的一天，我接到国泰兄的电话，问我看过《文学界》"诗人与故乡"栏目没有。我说，你创的栏目你给个理由让我不看。那就好，七月号做你的专栏，你先准备着，我这几天就安排时间过来，去你老家一趟。我不在江湖好多年，他却说，小雨你逃不了，江湖上有你的传说，七十二变，孙猴子还得回花果山。

走山路 / 皮鞋有些烧脚 / 在城里 / 感觉不了，像 / 乡里月亮明 /

城里月亮暗 / 道理一样。

整冠束带走向人群 / 提鞋裸足走向自己 / 软软的草 / 润润的土 / 好踏实的感觉。

哎哟——真痛 / 从前这地方 / 好像没有这凸起的石子 / 这是一句诗歌语言 / 母亲听不懂。

树变高山变矮 / 脚丫子搓成的小路荒芜了 / 山莓变涩，这些 / 都比那个摁脚的石子 / 好记得多。

老写诗还不如常回家 / 再好的诗也不会生出老茧 / 抵御那石子 / 留给你的痛。

沿着这首《打一次赤脚回一次家》，国泰兄被当成陌生人被带进了我的故乡，一个叫岔溪的小小村落。

故乡没有因为我带着一个陌生人撞入，做任何反应，似乎旁观都没有兴趣。故乡是安静的，也是冷漠的。故乡的这种情绪应是在日子的累积中缓慢且不知不觉中产生的。

我曾写一个组"记忆中的植物"的随笔，酸脖子（虎杖）、糖麦子（金樱子）等，印象最深还是节节草，也叫笔杆草，故乡叫节骨草。节节草为拉丁学名，木贼科木贼属植物。

百度上有这样的介绍文字：茎直立，单生或丛生，高达70厘米，径1至2毫米。显然这种描述，与我记忆中的节节草有很大出入。每年三月底、四月初，屋东面小溪沟的沙渚、溪坎就会从杂草与荆丛中冒出一根一根笔直透明的绿色细杆，长的有两米多高，大的要粗过筷子细的那头直径。我想，也许是因溪沟深、荆丛密，为了多得到阳光，使劲向上钻窜的结果。因为我看见平地上的节节草，确实只有那么高。

我们一节一节地将它们扯脱节，然后又再接上，比谁接得长，竖得高。我们还会将它们当神鞭，搏击，看谁的结实，不被对方击断为胜。最有意思的还是我的突然奇思妙想，选一根最竖直的节节草，小心将它们扯成几节，然后再接上。如果这样能成活，那么我的神鞭就会最长，不易击断。经过几次实验，我居然成功了。

由节节草这种生命形态，让我联想到属于故乡的形态。故乡的情绪，故乡的属性，一切似乎都是靠季节连接起来的。如果没有农事，他们是可以将季节一节一节扯脱开来，再接上，或不接上。包括日子，包括情感，包括思维。

这首诗写在很久以前，那时的情感不能怀疑。故乡变了吗？狭隘与偏执，朴实与善良，在两极放大着，似乎找不到中间可以用现代文明这种并不美好的词来填充，哪怕只是真人秀的那一部分。也许，故乡没有变，我对故乡的感情没有变，我的其他部分在变化，向着故乡不屑一顾的方向，就像是两种货币均没有贬值，只是汇率变了，总有一方要受到伤害。我感觉到自己在受伤。有谁告诉我，当我的背影毅然绝然消失在村口那条弯如盲肠的小路尽头，故乡是否已别过脸去，偷偷抹泪。

一步一步追来 / 小溪最后还是瘦了 / 夏天最后的枝头 / 花头巾早已风干。

霜降那天你哭了 / 忧伤一节节折断 / 没人告诉你姑娘去了哪里 / 天越来越高 / 越来越冷。

初恋一晃而过 / 花头巾长成了山茶花 / 再一步是城市 / 又一步到中年 / 一圈一圈老去的新娘 / 是我埋得最深的秘密。

静静躺在中草药店 / 你不再说话 / 还能说什么呢 / 我的忧伤伴着窗外的雪 / 越下越大。

写这首《节节草》的时候，窗外正下着纷纷扬扬的大雪。故乡在大雪中迷失了方向，空濛而混沌一片。楼下街对面就是怀仁堂药店，干瘪的节节草静静躺在中草药小方格抽屉里，与我隔着一条街，一场大雪，一个冬天……

三

很久以前，有机会我还是常回到故乡去的。有时会在路上偶遇村子里或邻村的人，他们看着我提着大包小包，喘着大山陌生的粗气，就是不愿伸过手来。故乡内敛得让人心痛。难道你有更机智的语言，暗示这些大包小包里就有你们家小孩老人的东西？你没有，你也不会有。回到家，突然就有人想到某件事，风风火火来找你帮忙。这时你才看清，他就是与你一路回村的人。我想他此时肯定已经后悔了。你不帮吗？你有拒绝故乡的勇气与理由吗？

香烟长辈一条，同辈一包。后来母亲告诉，你不要再这样了，娘不是舍不得你花钱，是受不得话，他们说小聪明不该用在故乡。

故乡停在了二十世纪八十年代。那时的乡村，月光宁静而鸡犬嘈杂。八十年代后，村里开始陆续有人外出务工，一个带一个，一家邀一家，村子不知不觉就走空了。本来不到八十几口人的自然村组，现在只有十几个人留守。能走得了的都走了，带走了村里的劳力，也同时带走了村里的自信与朝气。偏执、狭隘以及脆若薄纸的自尊心，像瘟疫在房前屋后、田间地头恣意疯长、传播。

他们对冒失撞入的陌生人充满善意，却对近邻亲友苛刻得不近人情。他们可以因某家的鸡飞落到自家的屋顶，踩坏了雨水腐蚀了的砖瓦，气冲冲地找上门来。一只鸡可以踩碎一匹青瓦吗？他们只是在找个借口发泄。他们在用这种方式，证明着他在这个村子里的存在，一如既往地强势存在。同时也证明着他们留守的无奈，时间久了，这种无奈开始迁移，变成了妒忌。对陌生人的善意，源于故乡本质的纯厚与善良，那是诗歌根系触到的最深处土壤。

面对一个回故乡的人，他们显得更加强势，用去一个村子的自尊心做后盾。尽管他们内心深处想一起聚聚、说说话，但他们没有，这种脆弱的自尊让我无奈、无助和心痛。在往后的日子，我的每一次回故乡都变得小心翼翼，"打一次赤脚回一次家"的感觉，一同搁浅在八十年代了。

故乡只能活在记忆里、文字里吗？我似乎明白，为什么那么多人，无论成就有多大，却很少回到故乡。他们共同的托词是：忙。有多忙？去过全国，甚至全世界的每一处名山大川，就是挤不出一点时间回一次故乡？沈从文的芸庐故居就在我楼下不到两百米的地方，据他在《湘行散记》中记述，房子建好后，他只回来过一次。他最疼爱的九妹就是从这间芸庐出阁，嫁到去县城二十公里不到的酉水最后一个码头，乌宿小镇。

沈先生只在遗言里回到了故乡。

鲁迅先生的《故乡》，初中时语文老师要求强背，通不过不许吃饭。虽然那时全班个个都通背了，却到今天才真正读懂。莫言的作品，充满了"怀乡"与"怨乡"的复杂情感，如果只能用一个字表达这种情感，那就是"痛"。

立秋月白，十月菊黄 / 黄铜唢呐一路低吟 / 野菊花开满山坡 / 摘一枚最亮的菊拦在村口 / 姐姐还是走了 / 留下一树芒刺青。

每一根都是一道篱笆 / 妹妹偷偷去了山坡采菊 / 拆除围篱的那天黄昏 / 母亲突然间老了 / 被一种黄灼伤的眼睛 / 找不到我的痛在哪里 / 留在手心的那根芒刺 / 长出了根。

清明雨，谷雨泥／越长越青／没人相信它会长成一棵树／落地的果实／每粒都裹着一枚青芒刺／吃下去蜇心。

我将《菊花黄，芒刺青》这首诗，作为这期"诗人与故乡"栏目的组诗名了。我的掌心仍留有那枚青芒刺，只要与别人的手碰在一起，它就会提示我是一个病人，以及我的真实身份。

国泰兄，这位永远活在乡愁里的诗人与摄影家，作为一个冒然撞入我故乡的陌生人，在我的故乡激情澎湃。他用相机留下了我与故乡一切可以留下的痕迹。他说他要用这些照片证明，眼前这个都市文艺范十足的小雨是在乡村长大的，是靠乡愁滋养的。

四

国泰兄问我，你说的那蔸高戳云端的大松柏树呢？还有那个高悬云端的喜鹊窝呢？我说喜鹊窝没法找到痕迹，树可能还能找到。我们调侃着来到屋坪的边沿坡坎，钻过一团浓密的小树与荆丛，那蔸大松树已经腐烂的根系还依稀可见轮廓。

算你没骗我。什么话？要说骗，我如今还迷失在你编造的"鸟巢下的风景"里呢！

《鸟巢下的风景》一九九二年二月出版，书的扉页上记录的购买日期是一九九二年十月二十四日。我从书柜里找到这本书，要国泰兄补签名的时间是二〇〇九年六月二十二日。十七年是个不算短的时间，这期间我到过很多地方，搬过无数次家，我居然还能找到这本小小的诗集。要说世间有邂逅或因果，都不能离开一种环境与土壤，便是农事，便是乡愁，便是诗歌。

我们告别故乡返城，路上要经过北溶古镇。在一汪蓝得有些夸张的江水北岸，顺着我手指的方向，国泰兄在寻找那个曾将他的诗集与农具混在一起出售的供销社旧址。因五强溪水电站的修建，这里已是库区核心区域，旧址已没在近一百米深的水底了。国泰兄说，这里要立一块禁渔的告示。面对我的疑惑，他开心地大笑起来，它已是鱼儿的故乡，说不定哪天被钓上来的就是你我啊，小雨老弟。

沙石老街有时会扬起灰尘／一扇木门追着光影开启／走进门来，泱泱农事辐射四乡八里／回字型柜台，那是来自谷仓的设计／农药化肥，镰刀锄具／渴望跟随你走向无边的田垅／在季节最深处安家。

打一升陈年老醋斗嘴／称两斤白砂糖煮爱情荷包蛋／扯三尺青春花布穿在细腰上／再买一根缝补风雨的针／除了这些陈列的农事，是书柜／里面住着许多作家，诗人／还有那本《鸟巢下的风景》／从乡村采集诗意，清明谷雨／每页都是季节的痕迹／食五谷杂粮的读者／不用注释，也能弄懂那些隐喻／高粱一样瘦长的句子／叠不成象牙塔，时常让我回想起／很久以前，沿河边上／那个用树叶吹着口哨的小镇。（《供销社》）

二〇〇九年七月，《文学界》"诗人与故乡"栏目如期推出了我的组诗《菊花黄，芒刺青》，共六首，还配发了多张我与故乡的图片。再一次认真读这些文字，我的眼眶潮湿了。本以为已沉寂的乡愁，慢慢离我远去。在这光怪陆离新的世界里，会适应，并慢慢接受，原来都是自己在骗着自己，就像故乡在刻意回避一个回故乡的人，宁愿接受一个陌生人的撞入，而对我却万般戒备一样。

去年，我将年岁已大的父母亲接到了城里居住。等到挂在门扉上的铁锁锈蚀脱落，也就没有什么秘密再对故乡隐藏了。原来担心父母亲在城里住不习惯，会经常往乡下跑，看来我担心是多余的。我常劝我的父亲不要跟村里人争强好胜，你赢了，别人以为是仗势，输了别人又看不起你，窝在心里不开心，反正输赢都不能，不如不争不吵，诸事让着。父母在大山里生活了70多年，一切习俗与观点早已固化，不可能我几句话就能开导，活得并不开心。在城里，虽然一切都是陌生的，却可以耳根清静。在与父母亲的闲谈中，他们似乎有一种逃离的庆幸感，这让我在庆幸的同时，一种莫名的伤怀向我袭来。难道故乡真的就这样永别了吗？真的就只能留下诗歌了吗？

　　那么一根竹，常绿／在几千年诗文里／空空的节间／是诗人们最好的房子／那是一根招诱炊烟的竹／生活的鸟啄满音孔／风一吹／娘就哭了，其实／那是一根既细又脆的竹／还是笋的时候／笋尖就将我的心拱出了血。（《竹》）

　　一枚竹是村庄的旗帜／炊烟让浪漫的生命回到泥土／村口闪过的背影告诉我／翻过几座山梁是大海／想我是真的累了／每一寸竹节都是最温暖的房子／不想往前走了。

　　接下来的日子／你将窗花都剪成了鲜活的鱼／最终是要走的，你说／竹只是一个村庄的旗帜／鱼终会是游向大海的／这里的房子太窄小／装不下你的天空。

　　如果我真变成了一尾鱼／这枚竹影就是大海的旗幡／寻找也是从幡开始的啊／我的鳍是那海的辽阔／泪是那海的盐度／直到你变成了一片冰海／我也是一枚鱼标本／静静地躺在你怀里／忧伤而透明。（《一枚竹是村庄的旗帜》）

　　无论我走多久、漂多远，故乡的竹林都会一直绿在那里，那空空的节间，永远都是我最合身最温暖的房子，因为它在笋尖时就已将我的心拱出了血。如果我真变成了一尾鱼，这枚竹影就是大海的旗幡，寻找也是从幡开始的啊……

　　我希望国泰兄写在最后这期"诗人与故乡"的编者按文字，不是结束，不是箴语，还可以兑冲故乡的风雨，留一个让我重新开启那把铁锁的机会。如果钥匙丢失，还可以用诗歌。

　　我们宁可相信这是一个循环，而不是消失。从二〇〇七年开始至今，"诗人与故乡"栏目，就已做了三十二期了。没有人发觉在夕阳染红群山的回望中，那个冒昧闯入别人故乡的陌生人眼中的泪光。人在宇宙中的迷失由来已久，飘浮的尘埃时而聚集时而失散，我们到底要寻找什么依附什么呢？故乡也像一个骗局，它竭力想说服我们，要我们相信曾经来过"这里"。故乡是摆在群山中的一张桌子，那里有我们最后的晚餐吗？正如故乡，它是我们无法再创造的。风吹拂着起伏的群山，留下那张广为人知的菜单，留下我们的诗歌吧！

鸟巢下的风景/ 汪冰点　摄

雪落讲寺

天出奇的冷，天空异常浑黄空濛。要下大雪了。

我打电话给刘云，说你要来就赶快，大雪封山就来不了了。刘云是我去年结识的一位摄影朋友，对拍摄古刹庙宇情有独钟，照他自己的话说是今生与佛有缘，准备出一本这方面的画册。春天，他离开沅陵时说，只差一张龙兴讲寺雪景就可以交付出版社了。

渡河来到沅水南岸，爬上一座最高的山顶，回头，北岸已是白濛濛一片，大片大片相邀相涌的雪花从矮矮的天穹落下来。第一次感觉到雪幕能见度很低，一切都变得浑沌。撑牢三角架后，我们只好耐心地等待大雪停止的间隙拍摄。约近一个小时后，大雪在我们的期待中消停下来，随着慢慢开朗起来的天空，北岸渐渐轮廓清晰起来。太美啦，整个讲寺约二万八千平方米的古建筑群落，已被厚厚的白雪覆盖，白茫茫一片。刘云兴奋地按着快门，我贪婪注视着这属于大自然的激情宣泄。惊羡之余，我无意间发现了一个奇特景象，沿着讲寺建筑群落外围墙体绕黏着一根清晰的积雪线。红墙内积雪厚实，不留隙地，而墙外的积雪明显稀薄得多，一些甬道屋顶根本积不了雪。蓬勃的生命与喧嚣的工业文明，每时每刻都在提醒大自然，同时也警示着我们人类的意识形态。

我想，一千三百多年前的大唐天子不会想到，今年的这场雪会这么大，更不会想到会有一位叫刘云的摄影家对他亲手敕建的讲寺拍照。他只听说有位叫毛延寿的画师欺骗了汉元帝刘奭，让那位绝代佳人王昭君去了塞外。后来，这位汉元帝一气之下把毛延寿给杀了。如果刘云的这张雪景照片落到他的手里，命运也就可想而知了，杀无赦。——他怎么也不会相信龙兴讲寺会肃杀至此。

此时，我突然有了一种想独自一人造访被大雪尘封的讲寺的想法。曾多次走过龙兴讲寺幽深的庭院，不过都是陪客身份，注意力在客人身上，忽略了那些已经走远的背影，纷杂的脚步淹没了历史的回音。感受最深还是中学时代的一次造访，带着一个文学青年应有的所有生命旌动与青春失落。天下着细雨，细细的雨丝像垂帘，渺茫空濛，让人觉得历史离我很近，掀起垂帘就可以抓在手中。

十八年前的感受如今仍真实得像某种生理过程。走过"头山门"用长方形石块砌成的三十八级台阶，厚厚的积雪只能让人辨得石阶的轮廓。皮鞋踩在石阶白雪上发出的脆响，就像手指滑过书本纸张的声音，洇浸着某种生命的质感。每爬上一级台阶，就如同走进文字构筑的某种意境。爬完三十八级石阶进入"过殿"，再后又是同样的石阶，只是比下面少了十级。二十八级石阶后，抬头便见一座石砌牌楼，上书"龙兴讲寺"几个浮雕大字，右上角落有"唐·李世民敕建"字样。再往前，就进入龙兴讲寺的主体结构了。

敕建，就是遵照皇帝的命令修建，同现在的总统令主席令差不多。公元六一八年建国，六二八年敕建龙兴讲寺。这位文治武功叱咤风云的大唐皇帝，为何未曾让自己缓口气就急急忙忙在这里修庙建寺了呢？导游词上说，缘自少林十三金棍救唐王的故事。我想这其中定有不少市场做秀的成分吧。如果真是出于感恩，那也就太小看李世民了。

公元一六年，五溪酋领田强抗击王莽；公元四七年，五溪精夫相单程起事，折了东汉开国皇帝刘秀的两位大将：武威将军刘尚、伏波将军马援；公元一五一年，土著人詹山举事，桓帝刘志派窦应明征剿……屡剿屡犯，屡败屡战。历代帝王对五溪蛮民政治上的失败，让太宗李世民醒悟武力的鞭长莫及，觉得应该文治这方蛮苗之疆。历史证明他是成功的。

走过天王殿便是一块草坪，上面积着厚厚的雪。天空飞舞的雪片还在一个劲地往下落。透过飞舞的雪花，可见前方"幡盖云丛"四个大字跃然眼前。这便是韦陀殿，也称"二山门"。

幡盖云丛，是形容前来烧香拜佛、传经授道的人络绎不绝的一种空前繁荣盛况。当时这里有一位很有名望的住持惠休和尚，人们也许不记得了，可他的一位叫王阳明的朋友却很在意他。一五〇八年，王阳明因开罪宦官刘瑾，触怒皇帝，被廷杖后贬为龙场驿丞，途经辰州时慕名造访龙兴讲寺，结识了惠休大师。

一个是遭贬的朝庭命官，一个是心如明镜的高僧，可以想象他们该是怎样彻夜不眠地长谈。在讲寺住了数日，沅水退洪，船可以起程了。送王阳明下山，惠休安慰他说，你知道为什么讲寺的大门不在同一条轴线上吗？这便是佛的精髓，倚山就势，顺其自然。阳明先生点了点头，去了龙场赴任。后人所说的"龙场大悟"，其实最早的启蒙应在这里。

三年后，王阳明离开龙场去卢陵赴任知县，专程来到龙兴讲寺拜见故人，遗憾的是惠休大师在一年前仙逝了，加上忽闻好友杨名父要来辰州，自己却要赶去卢陵上任不能相见，访友不着再见无期，不禁怅然写下：

杖藜一过虎溪头，何处僧房问惠休。
云起峰间沉阁影，林疏地底见江流。
烟花日暖犹含雨，鸥鹭春闲自满洲。
好景同游不同赏，篇诗还为故人留。

　　我没有见过这首诗的手迹，只在文献中找到书写这首诗的那面颓墙。好多年过去，斑驳的墙面仍透着一股神秘力量，将我与这段属于仰山善水、大智者的友情紧紧黏在一起。每每当我背诵起这些诗句，眼前总会出现一个两个飘渺的背影，给我无限的遐想。缅怀故友，王阳明在惠休大师曾坐过的禅位旁，搬来一把椅子坐下，第一次开坛传授他的"心学"思想。

　　与韦陀殿成双手推车式的建筑为东西厢房，中间是十米左右宽的青石板过道，仰头见"大雄宝殿"四个镀金大字在雪雾中显现出来，更觉神圣与肃穆。这便是讲寺的主体建筑大雄宝殿，宏伟、庄严，每一个猫头檐角、斗拱窗棂都无不是大唐亦或盛唐字眼最好的注脚。

　　大雪将大雄宝殿裹得严严实实，雪地上不见一双脚印，让人怀疑这场大雪是从"贞观之治"一直下到现在。我想积雪应该是从宋开始的，三百一十九年的大宋帝国因为盛唐之荫的庇护，只是薄薄的一层。到了南宋，政治的动荡与经济的衰败，加上北方战事不断，也就只能只顾各自门前雪，哪管他人瓦上霜了。平均每六年更换一个帝王的大元帝国就更没有时间没有心情了，加上那些游牧血统的帝王，对大汉文化的恐惧与排斥，才使得这里变得如此荒落下来。

　　要不是腰间忘了关掉的手机提醒，我还真忘了自己正处在二十一世纪元年，一个让人们措手不及的网络文明时代。——这个让人惊惶失措的时代，就在多次整修与粉饰也不能掩盖历史颓圮的红墙之外喧哗。我想那里的积雪也只是象征性渲染，温热而呛鼻的汽车尾气，与纷至沓来或匆忙或懒散的脚步，都在无孔不入地提醒着彰显着现代文明的力量。

季节之外的大雪永远只是文人的一厢情愿罢了。

从地方志上的大事记中可以看出，明代是一个让人激动的朝代。首先是一五一〇年，著名哲学家、教育家王阳明来龙兴讲寺设坛讲学，传授"致良知"学说；一五一一年，辰州知府戴敏于城东门内创办崇山书院；一五一四年，举人董汉策于小酉山兴建翠山书院；一五四四年，王阳明老乡、浙江余姚人、时任辰州郡丞徐珊于龙兴讲寺内虎溪山建虎溪精舍；一五五六年，湖北分守道游震得于虎溪山建让溪书院；一五六八年，太后李凤娇赐龙兴讲寺千佛袈裟一袭；一五八六年，湖北分守道蔡国珍、知府赵健于校场坪建龙山书院……一时书院如雨后春笋，学风之盛空前，这一切都是与王阳明讲学有着关联的。"旛盖云丛"之景观不逊盛唐。

说到佛，我自然就想起了一个人，她便是太后李凤姣，这位明朝的国母，先不说她笃信佛教，作为李氏王朝后裔的她，谒拜祖先敕建的龙兴讲寺也是情理之中的事。可是，让人不曾想到的是，她亲自督绣的千佛袈裟和祖先亲自敕建的讲寺虽命运相似，却是两种不同的宿命。

二十世纪初，沉寂了一千多年的这方山水再一次躁动起来，土匪、强盗、绑匪、军阀与官僚相继登场。比起他们，那些漂洋过海而来的白皮肤蓝眼睛英美传教士就显得"文明"多了、含蓄多了。传教士们是做了充分准备才来的，所谓准备即对中国历史与东方文化的了解。所以，他们当然知道李世民、知道王阳明，孔夫子就更不用说了。他们企图用文化的方式统治这方水土。

一时间，庭院深深的龙兴讲寺成了土匪、强盗、逃兵的转徙之所，僧侣们被迫下山，充军的充军，流亡的流亡。突如其来的浩劫，

/ 087 /

让一直养尊处优的住持乱了方寸。对住持最致命的打击，我想应该不在单一的生存层面，尽管后来他确实死于饥饿。到最后，精神失常的末代住持，穿着那件千佛袈裟也下山了，用他因打坐太久并不矫健的双脚，一次一次丈量着这座千年古城。人们没有闲暇去留意他，这位同中国最后一个皇帝爱新觉罗溥仪同龄的住持，同样也体验着国破家亡的感受。饥饿与贫寒不能让中国末代皇帝成为国家与民族的罪人，只有权力与欲望。而龙兴讲寺的这位末代住持就悲惨多了，那件千佛袈裟已佛法殆尽，不能御寒亦无从果腹。

一个寒风冽冽的晚上，饥寒交迫的末代住持沿河街彳亍前行，幽灵一样出现在洋人天主堂左侧的马路巷口。他一点儿准备也没有，更没有一点儿今夜会有某种礼遇的预感。洋传教士盛情地将他请进了贵宾房，洗了一个热水澡，吃了一顿饱饭，并换上洋教士递过来的一套高档衣服。今夜的礼遇让这位末代住持没齿难忘、泪洒涕零，最后告别的时候，他很不情愿地脱下身上的衣服，准备换上那件破旧的袈裟时，洋教士终于开口，不用脱了，衣服送给你，外面风大。洋教士一边说一边打手势，态度如此坚决，他已经相信洋教士是真心真意将衣服送给自己，便坦然拱手从温暖的房间里退了出来。

当这块躁动的土地再一次平静下来，人们才突然回忆起那件镇寺之宝——千佛袈裟。没有谁知道它去了哪里，更没有人会相信一个基督教徒会对一件破旧的袈裟如此感兴趣。

明太后李凤娇做梦都不会想到，自己亲手督绣了九百九十九佛像，加上着裟的高僧寓一千个佛的千佛袈裟，那个最后的佛竟是个基督徒。幸好，就在她离开龙兴讲寺后的第六十八个年头上，讲寺来了一位真正懂佛的人。这个人便是万历一十七年进士、大书法家、南宗画一代宗师，政治敏感、一有风波坚决辞官归乡、几次反复起用、最终官拜南京礼部尚书的香光先生董其昌。如今"大雄宝殿"正前方还悬挂着一幅他亲手题写的"眼前佛国"字匾。

匾额题款是崇祯丁丑年，也就是一六三六年，董其昌奉旨巡察辰州，也就是沅陵，不幸患上眼疾，高僧用草药治之。揭开绷带的瞬间，一个冥冥之中相识的佛国豁然呈现在他的眼前，于是，便虔诚地写下"眼前佛国"四个大字，赠予讲寺。

这位从白衣寒士到礼部尚书的董其昌，也算真的与佛有缘，回家后不到一个月就去了他熟悉的佛国。

"眼前佛国"不是董尚书的幻觉，雄伟庄严的大雄宝殿内，形态各异的八百罗汉栩栩如生，佛祖释迦牟尼金身佛光。中央靠后是一尊用整块花岗岩镂凿出来的莲花宝座，专供高僧与学士诵经授道之用。整个大殿内檀香袅袅、佛光普照、金壁辉煌，疑是佛国胜似佛国。然而，就在董尚书走后的第三百三十二年，一个阳光灿烂的日子，大殿里的各路神仙在成功躲过流寇、土匪、军阀后被驱逐出殿。

中国有句俗话，请神容易送神难。据文化局一位离休老职工的陈述，完全是一次偶然事件，起因是一位非常敬业的小学校长，在清扫办公室的时候发现了一根学生"拔河"用的长绳子。当浩浩荡荡的人群涌向龙兴讲寺的时候，佛祖释迦牟尼并未意识到，曾经无比虔诚匍匐在自己脚下的黄皮肤黑眼睛人种，会选择这么一个阳光灿烂的日子，将那根长绳子套在自己的脖子上。

"砰"然一声，五米高的佛祖从他那至高无上的神位上倒了下来。然而，砰然倒地的佛祖并没有丝毫的破损，一种来自人们意识形态深处、因某种虔诚而滋生的恐惧弥漫开来。为掩饰这种恐惧，他们喊起了激昂的号子，就像小孩子走夜路老喜欢嚷几嗓子壮胆一样。

佛祖被一个改装的人力四轮车载着，开始游街窜巷。他们的麻烦随着他们激情渐逝而临近，不知道要将这么大一个不吉祥的庞然大物放回到哪里去。最终，他们不得不重新送回龙兴讲寺，撂倒在一处颓圮的红墙之隅。

　　直到一九七二年，龙兴讲寺成立文管所时，才突然有人提起墙外那个被遗弃的佛爷。当我们循着某种记忆痕迹找到那个墙脚时，只在一堆破陶碎砾中找到一只有些过分夸张的耳朵，紧紧地贴着墙体，静静地倾听着墙内由远而近、又由近而远的脚步声……

　　最后，我还要提提那个俗家弟子，以及那个定格在大雪纷纷的河滩和凛冽风中的日子。尽管那个俗家弟子在芸芸众生中微不足道，尽管那个定格的日子在历史的长河中只是沧海一粟，可它永远鲠在每一个有社会良知、有文化情结人士的胸中，时间与惰性都不能将它融化掉。

　　那天，不知是因为天太寒冷，还是生命中其他的某种暗示，使他突然想起曾经将一件绣着许多佛像的衣服，放在了大雄宝殿后的一个隐蔽的衣橱里。

　　那件镇寺之宝千佛袈裟为何最终落到这位俗家弟子手里，如今仍是个谜。有人传言是他从土匪手中用三十块大洋买来的，也有人说是他在放排过清浪滩时，从一只漂在河面上洋人用的皮箱里得到的。这些都已无法考证，深究下去只会带给你一种无法释怀的隐痛。

　　从跨进大门算起，他刚好用了二十步走到那个衣橱，与当年送来时一模一样。当他再次重新走了一遍才发现这不是一种巧合，是一种神灵安排。这种突然在心中滋长的信念，让他感觉到飘落在面颊上的雪片暖暖的，没了刚才那种冰冷的感受。就这样，他像个大彻大悟的信徒，穿着那件袈裟飘然下山了。

　　那年冬天，雪下得比哪年都要大，纷纷扬扬的大雪将沅水岸边这座古老的小城裹得严严实实。人们都将门紧闭着，凛冽的风在街道上乱窜，爱堆雪人的小孩也玩腻了，躲进了屋里。雪下了好一段时日了，没有人注意到那个穿袈裟的人，那个时代，人们的冷漠让生活在今天的人们难以想象。他一步一步地走着，来到那个渡口的河滩上。不知是要等渡船还是累了想歇一会儿，他紧抱双臂蜷缩在积雪厚厚的河滩上。雪还在一个劲儿地下，没有停下来的迹象。白茫茫的河滩上，那个蜷缩的人影就像个不规范的句号画在那儿，不一会儿就从雪地上消失了。

穿过大雄宝殿，是一个四合院式建筑。左边是弥陀阁，右边是旃檀阁，正前方坐北朝南是观音阁，这些建筑都是明清风格。绕过观音阁左边的石拱门，便见一"之"字形石阶，倒书而上便是直上云霄的笔直石阶，只是现代的凿痕太重。抬头可见"青云直上"牌楼高耸云天。但事与愿违，拾阶而上的人并没有上天脱俗之感，倒觉得在一步步走向现实的喧哗与浮躁，走出这场从"贞观之治"开始下起的纷纷扬扬的大雪。

什么时侯，漫天飞舞的雪片像剧院散场过后的人群已慢慢散去，天空空灵明朗开来。整个建筑群落被厚厚的白雪覆盖，纵横有致雄伟肃穆的殿院庙阁不见了踪影，只能从那高低错落白皑皑的积雪下辨别。大雪掩盖了二百五十九个王朝的喧嚣，回头，刚才走过的脚印不见了，个体生命原本就是这么短暂与无助。幸好南方的积雪时间不会太长，明天或后天，那写满历史逗号与饱经风雨洗礼的斗拱飞檐，就会重新出现在游人们仰视的位置，彰显历史的凝重与岁月的沧桑。

朋友走的那天，我有事脱不开身不能去送他。他打电话过来说照片冲洗好后，寄一张过来。其实，我并不想收到那张龙兴讲寺的雪景照片，不想让曾体验过的伤痛太具象太真实。

一个月过去了，我没有收到他的讲寺雪景照片，不知是他在拍摄或冲洗时出了差错，还是同我一样在有意淡忘着什么。

还是那轮秦时月

一

省作协的一位朋友取道沅陵去古丈，不是为了见我，是去看乌宿古渡。他还说曾无数次从文章中读到过乌宿这地方，特别是沈从文先生更是不吝笔墨。心仪已久，这次取道沅陵就是想亲历一次乌宿古渡，数一回铺在小镇石板街上的青石板。

我们坐一辆小面包车前往乌宿。一路上，朋友很少说话，头偏向窗外，看着幽幽的酉水河。我想，他一定是在将理记忆中那些有关酉水河与乌宿渡的文字。到了乌宿渡，朋友才开口：文字里描述的就是这样子。

遗憾的是文字中那个青石板小镇不见了，我只好用二十年前依稀的记忆，指点着那个已经消失的古镇轮廓。朋友说，小雨，不用说了，就让它留在那些文字里吧。我说，这里已经更名二酉镇了。乌宿，多好的名字呀，怎么要改呢？朋友说。我无言以对，心里猜想，可能是当地人认为"乌宿"这个词不太吉利吧。

二酉藏书就是二酉藏书，乌宿渡就是乌宿渡，是历史就应该让它待在线装书里。朋友的话有些道理。下午四点，朋友坐最后一趟去古丈的中巴车离开乌宿。送走朋友后，我便一人租坐一只机动小木船，渡过西溪来到二酉山下。

九百里酉水最后的一条支流西溪，就在二酉山下成"丁"字型注入酉水，完成最后的吸川纳英，东去三十里汇入沅水。乌宿小镇就在这个"丁"字的左边，倚蟠龙傍二水。隔西溪相望的"丁"字右边便是秦时藏书的二酉山，隔酉水相望的"丁"字顶边是卧龙山。三龙争一渡，一渡过二水。这就是历史上有名的乌宿古渡。

我突然间有留宿二酉山之意，二十年前的那轮清幽盈月原来一直高悬在我记忆的苍穹。

二

第一次邂逅二酉月还是在二十年前，那时我在县第四中学读高一，校址在酉水与沅水交汇处，名叫太常的三角洲上。学校规定两周连休，当时叫"大周"制。大周末的三天假日，便成了我们放飞青春的节日。一行三人，我们骑着自行车沿酉水河边的公路，漫无目的地向上游驶去。我们精力充沛，用之不竭。那个精神生活极为贫乏的岁月，消耗体力成了最时尚的消费。初秋时分，骄阳余威尤在，只是脚下的酉水没了夏日的浮躁，清幽如带，静若处子。

酉水是沅水七大水系中最后的一条支流，在沅陵城西虎溪山下汇入水流湍急的沅水，后便折向东去，经桃源、入常德，在德山脚下注入烟波浩荡的洞庭湖。

不游沅水，难懂江河；不读酉水，怎谙水韵？

酉水，又称白河，最早我是从沈从文的《边城》里读到的。为什么叫白河，我带着疑问翻阅了许多有关这条河的书籍，其中包括沈从文先生的全集，也不曾找到片言只语的解释。后来一次偶然机会听到了这个出处。白河之名相当古老，在酉水上游河段，有"彭、田、白"三大族姓。彭田以酉水为界，左岸田地山林归彭姓家族，右岸归田姓，他们联合起来对付后面迁徙而来的白姓，想将白姓人赶走。可白姓是从沅水岸边逃亡迁徙而来的渔民，水性好，擅长水上作战。彭田家族几次征战都没有取得胜利，无奈之下就只好将这条酉水的统管权让给了白姓家族。我想，这应该是白河之名最好的解释了。

车队行约三十里，至酉水的第一个码头乌宿，一个同学的自行车爆了胎，我们只好渡河去到对面的镇上补。补胎费了一些周折，补好后夜幕也就落下了，我们只好留宿在乌宿小镇上，等第二天回程返校。为了省钱，我们没有住客栈，而是去锚在河边的一条木制货船的舱盖上打起了行铺。夜恬静而飘渺，流水淌过浅水滩白色卵石发出哗哗的声音，优美得像催眠曲从我们的枕下响过，一会儿我们便和着水声进入了梦乡。时令毕竟入秋，深夜的河风已经很凉，我们被呼呼的河风喊叫醒了。月光下的乌宿渡空濛一片，石板街、楼阁、古树、锚在岸边的船只，一切都如同浸洇在水中，真实而虚幻。

一轮盈月，高高地悬挂在如黛的二酉山之巅。这是我与这轮二酉月第一个相撞的满怀，一点儿准备也没有。可是，除了惊叹我一点儿也不慌乱。也许，这就是人们常说的那种生命千年之约吧。

三

江畔何人初见月？江月何年初照人？

第一次邂逅纯属偶然，这一次却从容了许多，也胆怯了许多。二十年的准备不仅仅是岁月的累计，秦都咸阳上空的那轮清幽明月，曾无数次在我的窗前洒下如霜的清辉。清辉中，金戈铁马、刀光剑影，像上演远古皮影戏一般。

从容，因为我是捡着《辞海》的页码，循着注释的方位，一路数着博士官伏胜的脚印而来。

胆怯，因为案头那本凝重的《秦史》，无论编者怎么抽插倒装，你都会找到那让人胆战心惊的一页。

二酉山景区老总刘忠维先生听说我想月下登二酉，欣然同行。刘先生温文尔雅，像个读书人。我们在半山腰一家农家乐吃晚饭，刘先生说这里的米酒是天下最好的米酒。我说怎么解？他说"酉水酒之源"，二酉寨当然酒之乡了。很少喝酒的我，禁不住诱惑喝下了一小碗。下山的时候，暮色开始围拢来。我们来到山脚二酉广场一隅，一边闲聊一边等待那轮明月的升起。酉水河静静地在身旁流淌，我们的话题渗洇着木牍竹简的霉味与清香。

春秋战国是中国历史一个非常重要的时期，不论是文化还是战争都是狼烟四起。颠沛流离了十四年的孔子回到鲁国，五年后，带着绝世的遗憾长眠在曲阜城北的泗水岸边。这位至圣先师尸骨未寒，历史就迫不及待地合上了那本厚厚的《春秋》，进入了群雄争霸、战火纷纷的战国时期。

公元前二一三年，秦国的博士淳于越反对采取中央集权的郡县制，主张根据古来的制度，把土地分别封给子弟们，遭到丞相李斯的驳斥。李斯主张禁止儒生"以古非今、以私学诽谤朝政"。秦始皇采纳李斯的建议，下令焚烧《秦记》以外的列国史记，对不属于博士馆的私藏《诗》《书》等也限期交出烧毁；有敢谈论《诗》《书》的处死，称赞过去而议论现在政策的灭族；禁止私学，想学法令的人要以官吏为师。

"力治"在秦国显然是成功的，它使秦国迅速变得强大起来，将群雄纷争的中国统一了起来，建立了中国历史上第一个封建中央集权制国家。

有所不知的是，早在焚书事件前一百二十五年，被五马分尸的商鞅和二十年前自杀于狱中的韩非，早就有销毁儒家书籍的主张，只是没有来得及实践就身首异处，将这一千古骂名留给了李斯。让李斯万万没有想到的是，五年后，自己会在自己殚精竭虑创建的空前繁华的咸阳闹市被腰斩，这也算是对诸子百家呕心沥血的文字和坑埋在脚下四百六十多名方士与儒生灵魂的告慰吧。但我常常有这样一个想象，在繁华的咸阳街头，李斯被腰斩时到底是怎样一派情景。除去他的亲人，还有不有一个人偷偷地在人群中落下一滴泪来，如果有，我真的希望知道那是谁，是文人？政治家？或许这些假设都不成立，仅仅只是一个心底善良的人，面对一个活生生的生命的逝去而难受。我希望不是后者。

在我们的闲聊中，一轮圆月从酉水河流去的远方升起，湿漉漉的。几千年来，那轮明月都是这样被清澈的酉水河沐浴之后，才缓缓移向神圣的二酉山之巅的，生怕世间的凡俗与尘埃亵慢了二酉山的神圣。

四

大门是仿秦时建筑，白墙青瓦，朝向酉水流来的方向。酉水从鄂西、渝东南和湘西挤压而成的崇山峻岭中流来，眼见就要涌入这白墙青瓦的大门，突然就在山脚折向东去了。

进入大门，是一条宽五米、高用岩石凿砌的三百四十五级台阶的藏书大道。当年这里是没有这条宽敞大道的，清幽的月光下只有一条泛着清辉的崎岖山道。

　　我们每向上爬一级台阶，伏胜负简爬行的背影就清晰一轮，仿佛就在前面，邀我一步一步走向秦时的那轮明月。我想，最先感受到二酉山巅那轮明月律动的应该是楚国三闾大夫屈原。早在伏胜到来之前七十三年，屈原被再次逐出郢都，流放沅水五溪一带长达八年之久。伏胜就是以屈原为坐标、《九歌》为地图、"沅有芷兮澧有兰""乘舲船余上沅兮"为索引关键字，从咸阳出来，躲过秦军铁骑的搜捕，穿过无数艰难险阻来到二酉山的。

　　清辉下的藏书大道显得无比空灵，本来就灰白质地的石阶越发变得银白了。走在前面的忠维兄回转头冲我喊，"伏胜，快点呀，身后秦军铁骑快追上了啊。"

　　"不敌伏胜我是有理由的，"我说，"当年伏胜背驮的只是木牍竹简，而我背负的却是两千多年的历史，和这两千多年来从未停止的倾泻而下的月光。"忠维兄称我为"伏胜"，我也只好呼他"伏安"了。此时，我突然领悟到幽默在特定的环境中必要性。看得出"伏安"不是第一次月下登二酉了，不然他不会爬得这么快。如此万物空灵若禅境般的景致，任何一次抬足，落下时都怕惊扰了如水般的月光。

　　爬完三百四十三级石阶，抬头便是万卷亭。亭阁是全木结构，造型古朴雅致，很有书卷之气。往左是绝壁断崖，二十余丈高。崖脚有一条栈道，穿罅凿岩，顺凹就凸，蜿蜒东去约五十余步便是挂断崖临酉水、傲然凌空的二酉飞阁。飞阁两层半结构，为何要修那半截阁楼，是在暗示千古一帝秦始皇的功过参半，还是专为推崇"力治"的法家留下的？

　　"坑灰未冷山东乱，刘项原来不读书。"谁知就在焚书事件后的第四年（公元前209年），那熊熊燃烧的火焰还没熄灭，就遭遇了蕲县大泽乡（安徽宿县西寺坡乡刘村集）的那场滂沱大雨。陈胜、吴广密谋杀掉秦尉，发动戍卒起义。戍卒们"斩木为兵，揭竿为旗"，举起了中国历史上第一次大规模的农民战争的旗帜。

当时焚书坑儒的政策十分严酷，"有敢偶语《诗》《书》者弃市（处死刑），以古非今者族（灭族），吏见知不举者与同罪。"百密之下，必有一疏，偏偏漏掉了《太公兵法》，而这本书又恰巧落到了对秦国有深仇大恨的张良手中。正是这个张良辅佐刘邦推翻秦朝，建立了西汉王朝。我不知道该用一种什么样的心态来面对历史的偶然与幽默。

对人类社会的进步，文人与政治家有着不同的见解与认识，也许我们都只是将它停留在某种感性的层面。我想，这是文人的悲剧也是他们的魅力吧。

五

二酉飞阁共三层，顶层有个岩洞，在月光下显得深邃莫测，传说秦人藏书就是这里。"书通二酉，学富五车"成语就出典于此。尽管，成语随着人类文明的进步已成为一种概念，但膜拜二酉却从一种概念渐渐衍变为一种信仰。墨香千载，定有人才辈出。

"二酉，指大酉小酉山，在今沅陵县西北。《太平御览》四九《荆州记》：'小酉山石穴中有书千卷，相传秦人于此而学，因留之。'"

——只要你循着《辞源》中的注释，你就会触摸到头顶上的那轮秦时明月。东晋陶渊明笔下描述的秦人避乱逃匿的东方乌托邦——桃花源，就在顺沅水而下坐船不到两个小时的沅水岸边。我不明白这方神奇的山水，会与秦都咸阳有如此千丝万缕的关联，无论是精神世界还是个体生命，他们都选择了这方山水作为憩息的家园。我想这是不是一种偶然，只有头上那轮清幽的明月知晓了。

洞中的伏胜像一片混沌，只可见一个飘渺模糊的轮廓，像一个历史的倒影，寂寞地映在那里。

这是我亲历或在书本上读到的，唯一一种自上而下攀登凭吊的楼阁。第二层是碑林，石碑上是历代文人墨客留下的文字。下到第一层，可见一块约宽 4 米、高 1 米的石碑竖立在那里，孤独而肃穆。借着月光，北京大学第四任校长（当初叫京师大学堂），清末张亨嘉题写的"古藏书处"四个大字依稀可见。

一条百余步的栈道将着山崖断壁蜿蜒而上，月光下，像一根黏敷在陡岩上的绳子。绳子下面一头拴着二酉飞阁，上面一头伸向半山腰的二酉村寨。离开飞阁，前行二十余步便可以看到传说中的记岩，上面记载着当年伏胜藏书的事迹。文字的凿痕早已被岁月磨平，而被历朝历代的好事文人涂抹上去的墨汁，就像人的记忆一样，永远地洇渗在那方岩石里了。如今，从头顶岩石上漫渗下来的水流，仍呈现出一种墨绿的颜色。我想，这也许仅仅只是一种岩石的质变，与有不有涂抹上去的墨汁渗染，没有多大的内在联系，可人们就是愿意相信前一种。这是人的一种弱点，也是人类千百年来情感赖以生存的方式。

将完这根绳子，我们便来到了二酉寨。月光下的二酉寨静谧得像一幅水墨画，稀落的几声狗吠渗透宣纸黏在人的身上。

因为山体陡峭，台阶稠密，攀爬相当吃力，没有可以平步的台阶，不给人以休憩喘息的机会，就像"战国"的那段历史。月光下清幽的朝圣大道，如同一副窄窄的背带勒扣在二酉山上，背面驮负的是人看不见的千钧之负。

爬完九千九百九十九级台阶的朝圣大道就到了山顶，顺着酉水的流向，沿山脊往下走约百余步，便是到了二酉山之巅。三山半落青天外，俯首，目力所及若一方深潭，乌宿集镇在这深潭里一躺就是几千年，一些历史的喧哗也许永远也没有机会浮到水面上来。

临酉水是五百多米高的断崖，人在断崖上行走，有过高空索道的感觉。好在是月夜，空濛一片，或虚或幻，一切变得不是很真实。右边是较平缓的山林，黛青的松树不说，白天见到的那一片片被季节染红的枫林，此刻也如同一幅硕大的画在宣纸上还不曾洇干的水墨画，亦像深水中的植物，有山风吹过，便一浪一浪微微拂动。

远远便可以看见前面高高矗立的仰止亭，孤傲地伫立在二酉山最高的山巅。庄严肃穆，凌空脱俗。

登上通往亭阁宽五米的石阶，仰头便见二层楼檐上悬着一幅横匾，上书"仰止亭"。三个苍劲有力的大字，在月光下更显神圣而高远。我与随行的忠维兄屏声敛气，一步一步向仰止亭靠近。每向前一步，我们都好像剥离掉一层尘世的喧哗，从未有过的宁静体验，一层一层地裹向我们。

高山仰止，景行行止；虽不能至，心向往之。

仰止亭一楼丹池立着四块碑，记载着善卷让位舜帝，隐居山林，教化乡民的事迹。二楼矗立着一尊面西而立的塑像，那便是善卷。也许，二酉山之巅的那轮明月，在善卷时代就已辉映百川了。要不，远在几千里之外秦都咸阳的博士官伏胜，怎么会驮着"诸子百家"追寻而至？

再往上便是观景台了，凭栏远眺，二千多年倾泻而下的月色仍未填满山脚下的断崖沟壑。面对浩瀚的历史长河，人有时渺如沧海一粟。我不由想起苏东坡《赤壁赋》里的句子："寄蜉蝣于天地，渺沧海之一粟，哀吾生之须臾，羡长江之无穷……惟江上之清风，与山间之明月，耳得之而为声，目遇之而成色。"

今人未见古时月，今月曾经照古人。今夜，我不是来赏景的，是来抚摸山巅那轮辉映千年的皓月。抬头，皓月低悬中天，明如镜，冷若银，只须抬手便可以揽拥入怀。它照过春秋诸子的庭院、战国列侯的烽火台，照过尼罗河畔的"石头圣经"、读过史诗《伊利亚特》和《奥德赛》，照过幼发拉底河岸的古巴比伦城和那部《汉谟拉比法典》，以及地中海东岸的"巴勒贝克"（太阳城），照过恒河的水韵、听过黄河的涛声。而脚下月色中的酉水何曾不是流向大海，汇入人类文明的浩大盛典？

七

　　下山的时候，忠维兄留我在二酉寨过夜，明早回城。我想我今天是不能留在山上过夜了，我怕我无眠的叹息扰了二酉山巅的那轮明月。忠维兄只好开车送我回城，汽车沿着酉水流去的方向开去，车灯显得异常刺眼，在静静的酉水河上晃荡，像两条时光隧道。此时，谁也不想说话，任思维在这穿越千年的时光隧道里驰骋。

　　回首，那轮清幽的秦时明月仍高悬在夜幕下如黛的二酉山之巅。

酉水河上的秦时月 / 郭川陵 摄

水漫河涨洲

一

一路偏北流向的沅水，经沅陵县城后折向东去。约四十里，到会石滩。滩末北岸有一条绵延若绳的小溪，抖动着向大山深处去。捋着这条绳子一路走，二十里处便分为左右两股，也快到了尽头。在这两条小溪间，一块三角形山岭从高处斜插下来，山岭上散着十几户人家，这就是我的家乡——乡行政区划图上标注岔溪的地方。

若是将这条绵延小溪绷直了量，最多也不到八里，用余下的十二里很容易计算出这山势的复杂。上小学四年级前，我一直生活在这里，听着山外那条河上隐约传来的机动帆船突突声和河涨洲的水涨洲涨故事长大。我常会根据故事想象河涨洲的样子，想着这条河要流向哪里，以及那个流来的地方。

三十年前还没有五强溪电站，沅水十足的野性，放荡不羁地奔涌在群山间。从县域东陲麻伊洑坐船逆流到县城，需整整一天时间。记得途中要下船拉纤才能上得滩来，对自然界的畏惧与不可违拒的感性认知，最初就是从这条河流开始的。

上了九矶滩，离县城就不远了。我的头一直偏向窗外，心里想着见河涨洲时的无数个不同场景。姐姐说，船绕过那个旁出的河洲，就可以看见宝塔。循着姐姐手臂，我尽力将目光投到前方最远的地方，那是一条很长成弓型的滩渚，左边大半渚身连着背后高高矮矮的山峦。钢制客轮低吼着破浪前行，我等待着那一刻的到来。

"啊，河涨洲——宝塔。"声音从坐在左边依窗位置传来。真后悔关键时刻将头偏向了北岸，我赶紧起身扑向左边舷窗。一座高高的白塔豁然出现在前方矮矮的蓝天下、绿水上。托着宝塔的是一条扁长洲渚，似一只水鸭子凫在河的中央。洲渚长四里地，宽不足八百米，将湍急的河流分为两半。北岸的水域明显比南岸要宽敞许多，涨水的时候，行船一般走南岸，是近路。只是枯水季节才走北岸。

明月山的油米坑、清浪滩的乌鸦饭、河涨洲的神仙鸭，是沅水流域最为神秘、流传最广的三个故事。沅水是洞庭湖水系最长的河流，在没有铁轨与公路的过去，这条河流是川、黔入湘的唯一交通要道。在漫长枯燥的行旅中，这些故事让无数个无眠的长夜变得充实。河涨洲在县城下游约四里处，洲头矗有一塔，名龙吟，与上游城南凤凰山上的凤鸣塔、下游鹿鸣山上的鹿鸣塔，构成沅水胜景：辰州三塔。

有记载以来，无论沅水发多大洪水，河涨洲从未淹过，原因是河涨洲下有只水鸭子。

进得城后我才明白，这次进城的主要目的不是看那只永远也不会出现的水鸭子，而是找牙医拔掉一颗招女同学讪笑的暴牙。奇怪的是当时我并没有被骗的感受，虽然没见着那只仙鸭，但凫在河流中的河涨洲，以及矗立在洲头的龙吟塔，足以给第一次走出大山褶皱的我留下足够的惊叹。

"姐，河涨洲下你敢肯定有只水鸭子吗？"最终我还是开了口。

姐姐回过头看我，半晌没吭声。"这，这应不会有假吧。"姐姐的回答让我感到有些许失望。我拔去牙的牙床留下一个很大的洞穴，里面塞了一卷药棉。此刻，我感觉那个空洞在逐渐膨胀，无边无际，疼痛一个劲儿地往深处钻。

这是我从大山里出发时不曾想到的，第一次谒见河涨洲会与这种生理的疼痛联系在一起。

二

一位云游而过的巫师在河边见一女子漂亮，起了歹意。他对土司说，如果你不从，我就让水淹了河涨洲。土司打赌说，如果你能在七天内让水淹了河涨洲，我就让你把女儿带走。土司心想，正是枯水季节，巫师不可能做到。谁知这巫师道法高，能驱石赶山，他将河岸的石头赶到河中去，不到一天工夫，就在下游约三百米处的河面垒起一道横坝。水面迅速涨起来，土司慌了手脚。

在河中打渔的水仔更是焦急万分，眼见心爱的姑娘就要被巫师带走，一个人默默来到洲头的土地堂前，希望能得到土地爷的神示。河面上有两只水鸭子在戏水，水仔不禁自语：我要是能变成水鸭子，钻到洲渚下面将洲渚托起来就好了。后生话音刚落，只听砰然一声，从地下冒出一个老头来。老头说，年轻人刚才的话可当真？

当真！

你要想好，下去就变不回来了。

巫师见洲渚慢慢浮了起来，立即跑到更远的下游赶石堵坝。七天过去，巫师在河面上垒起一道又一道乱石坝，始终没能将洲渚淹没。

我听到过好几个有关水涨洲涨的故事版本，唯独这个有关水仔的版本印象最深。小时候，我有过这样的愿望，水仔哪天会变回来。

离开大山后，我的世界就一直与这条河流有关联。那时的村小课只开到三年级，我被转到北溶公社的花园学校就读。学校在沅水岸边，校舍的布局现在有些模糊了，记忆犹新的是教室里那排凭河的窗户。课堂上，老师常怒吼着把我从河流的远方拽回来。在这所学校我念完小学，初中转到上游三十里处的深溪口中学。校长是我们村的，人熟父母也放心一些。而我不这么想，选择深溪口是因为它离河涨洲越来越近了。

在这所学校，我学会了游泳，生命中第一次感受到抵御诱惑是一件很难的事。我常会坐在河边，看从上游洪江飘来的木排，一排接一排，很长的队伍。水流缓慢的时候，木排前面会有一艘拖船，冒着浓烟吃力拽着木排前行。枯水季节，木排下不了横石滩，越堆越多的木排在河面上拼成很大的排扇，占去半个河面。我们喜欢在排扇上跳来跳去，游泳，洗脱下来的衣裤，更多的时候是坐在木排上沉思。地理课让我第一次知道，眼前的这个世界到底有多大这个物理概念，也明白了山川沟壑形成的真正原因。

都江堰，这近乎天工般的水利工程让我明白，每年的季节洪水是不会淹掉河涨洲的。水位愈高，河面就愈宽，落差就愈大，水流就愈急，流量就愈大。后来我才知道，这座城市不只我一人知道，很多人早就明白这个道理。他们的善意隐瞒，让这方山水变得美丽了许多，让生息在这里的人们充实了许多。有时，我们是应该去羡慕那些对某种信仰执着的父辈，以及天真不谙世事的孩子。

三

再次见到河涨洲已是八年后。我是岔溪村唯一考进县城中学读书的孩子，不过这种骄傲非常短暂，城里的一切让我眼花缭乱。我疯狂地汲取知识，以抵兑这座城市对我的排斥。随着知识的积累，我的世界在放大在膨胀，细心恪守的东西却在一个个被击碎。

我就读的中学仍在沅水之滨，下游四里便是河涨洲。周末或节假日，常有同学相邀去洲上游玩，我却不曾去过一次。我捧着贝尔·加缪、肖洛霍夫的小说，在校园某个静静的角落消磨时光。从洲上回来的同学，偷偷将一位神秘人物题在龙吟塔壁上的一首诗抄给了我。

我没有参加高考，我的英语成绩一塌糊涂，作为一个农民的儿子，我放弃了人生唯一机会。离开学校，我没有回到大山里去，在外面飘荡了十年。这十年里，我思考得最多的是生存问题，家乡一切变得模糊起来，有种很遥远的感觉。这是后来想起来都后怕的事。去年，我整理一部作品集，重新温习过去的文字，才发现我潜意识里从未远离过这条河流。

也许是这条奔腾无羁的河流，滋长了我的英雄情结。我常想，生息在这方山水的人们同样也有这个情结，不然怎么会在几千年前就塑造了水仔这个形象，尽管这种英雄的定义过于狭隘。从水仔身上不难看出，这方山水对英雄有着多么浪漫的色彩。

四

沅陵四中校庆，从五湖四海赶来的学子欢聚一堂，我却没有见到那个抄诗给我的同学周长河。他没有来，听在长沙图书馆工作的一位同学说，周长河最近在网上写了一篇怀念老城的文章，很感人。回到家，我赶紧打开电脑，在百度搜索栏输入"周长河、河涨洲"几个关键字，果然找到了那篇文章。河涨洲这个关键字，我是没有做任何思索就在键盘上敲出的。我想周长河写老城回忆文章，不可能不提及河涨洲。文章中还贴了一张他的照片，背景中的河涨洲与宝塔已经不是很清晰。读完文章，我认认真真给他写了一段很长的留言，并将我的手机号码、邮箱留在了后面，希望他看到后能跟我联系。

然而，河涨洲永不会淹掉的神话结束了，就要沉到水下去了。

一九八六年，停工数年的五强溪水电工程终于复工建设。这座耗资近百亿的水电工程经过八年建设，终于于一九九四年关闸蓄水。随之而来是沅陵史无前例的十万大移民，河涨洲当然也在迁徙之列。

河水在慢慢回涨，两千多米长的河涨洲，只剩下洲头不足百米的孤岛。孤岛上，一个七十多岁的老人死活不肯搬走。

全县的移民工作不能因一个人搁浅，我主动向分管移民的副县长请缨。选择一个阳光灿烂的日子，我希望这灿烂的阳光能给老人一个好心情倾听我的劝导。

深秋的湖面呈苔绿，有液体金属的质感。远方一派通透，头上几块白色浮云悠闲地牧在天空。人处湖面之中，忽然间觉得这湖面变得宽旷了，似乎是无边无际。连绵的山峦倒映在湖面，蓝天在船下变得深邃，周遭一切空灵得让人没了杂念。我提议将机动小木船的引擎熄灭，慢慢用木桨划过去，这突突的引擎声确实有点煞风景，破坏眼前情致。小船慢慢向河涨洲荡去，矗立在洲头的龙吟塔连天接水，在这水天一色中更显禅灵与肃穆。

尽管河涨洲给我童年留下许许多多美好的东西，一水之隔，却从未登临。或地理课、或历史课、或周长河，抑或是想最后保住这段距离，让它承载那些恪守多年却要试图放弃的东西。

我第一次登上了河涨洲，而且是最后的机会，最后的一次。

老人并不因我是一人前来而放松警惕，漠然地看我一眼，便将目光收了回去。依照河水流向，老人的房子在宝塔下游，距塔基不到二十余步。除了宝塔，这应属洲渚的最高位子。房子不大，木质，南北两间，北墙是用河滩上卵石堆砌的，如果你不联想到这房子主人身份，以为是去拜谒一位艺术家的故居。

在老人冷漠的对视中，我的话题从眼前的橘子收成，到遥远的水仔，再从遥远的明代，到眼前的辰洲三塔。我不想用工作人员们嘴边朗朗道理，去说服眼前这位固执的老人。在自以为高明的伎俩失败后，我才终于明白，老人守护的世界神圣而固若金汤。

我的劝导失败了，我的失败其实从一开始就有了答案——我是来向河涨洲握别的。

老人说，我是不会搬迁的，如果洪水来了，我就住到塔楼里去，水退再下来。我离不开这里，离开会活不下去。我不知老人是在守护河涨洲，还是在等待英雄。

天近黄昏，我告别老人，告别水仔，告别凿刻在龙吟塔墙壁上的诗稿手迹。机船的突突声划破寂静的湖面，河涨洲在慢慢地向后退去。暮色越来越浓，回首，河涨洲已是浑沌一片，连同宝塔像一笔浓重的墨汁，点洇在灰暗的宣纸上，慢慢地洇散，洇散，最后浑然一体。

五

一九九七年初夏，五溪流域连日暴雨，三十年来最大的一次洪水过境，从沅水上游铺天盖地涌来。空气中弥漫着一股浓烈腥味的腥红河水翻滚着，咆哮着，一种不敢直视的力量迎面扑来，那种压迫感让人喘不过气来。

沅水大桥两边站满观看洪水的人，心底喟叹着自然的喜怒与力量。我也被这气势慑服，俯在桥栏上，心一阵一阵紧怵。

"不知河涨洲是否全淹了？"寂静的人群中，不知谁突然问了一句。

有无水鸭子，河涨洲会不会水涨洲涨，早在二十多年前那堂地理课就有了答案。到如今我都没有弄明白，自己为什么要去做一个证实。我拦住一辆出租车，沿沅水北岸公路往河涨洲方向驰去，汹涌的河水似乎是擦着车窗在翻滚。

"也去看河涨洲呀。"从司机的问话中，我明白我已不是第一人了。

不到十分钟，车便到了河涨洲北岸，远远看见不远处坡沿上，三五成群站满了人。

河面变得异常汹涌宽旷，河中央那个承载人们几千年美好愿景与信仰的河涨洲不见了，几排长在地势高处的橘树，绿色的树梢在洪水中时隐时现、忽高忽低。这几点跳动着的绿色，在腥红的河水中显得那么脆弱与渺茫。

一会儿，在人们眼中跳动的那几点绿色，慢慢熄掉了。一切归为平静，死一般的平静。空旷的河面只剩下那座高高的龙吟塔，像一节桅杆最后标示着河涨洲曾经的方位。

回城路上，我突然想起那个最后驻留在洲渚上的老人，他最后搬走了吗？他会不会像他自己说的那样，万一河水涨起来就住到宝塔里去，等水退下去再下来？

河涨洲 / 汪冰点 摄

让蝴蝶停在你的肩上

一

沅水中下游第二个急险长滩横石滩，把我与新才兄隔开来，我在北岸，他在南岸，隔着一条河并一座山。他看着这条河长大，我在山后听着这条河长大。看河长大的人，会想象思考与这条河有关联的其他事物，而听这条河长大的人要单纯些，想象全在这条河上，河的样子与颜色，它从哪里来，去向哪里，河面上驶着的船有没有帆，漂着的木排有几个人在扳艄，在歇斯底里唱沅水号子。想象是诗歌的本质，让具象的东西有无数种可能状态，那是很美妙的事情。北岸那座山后有三个听河的少年成了诗人，邓友国、范文胜，如果我算个诗人的话。因了诗歌和这条河，我们与新才兄都成了朋友。接到《诗歌世界》主编电话，说要给我做一期"潇湘诗考"，并要我自己物色一个对我过往了解的人做个访谈，配发在专栏后面。选中新才兄，不仅是因了这条沅水河，而因为他也是一位极感性的诗人，不会讲究形式感。更重要是他没有任何采访的经验，会让访谈进入到我所期望的那种散漫状态。

万水兄一直在以一种码头的姿态，表面看去有些漠然存在于我的生命长河里。邀请他参加今天以一条河为背景的访谈，地点选择如今我们共同生活的城市码头，象征意义已经比内容重要了。

二〇一九年七月六日，黄昏。在沅水中下游开始的地方，县城北岸龙舟广场下一个人影如潮的码头，前面是安静的沅水，身后是聒噪的广场，我们夹在中间，违和感让我们相视一笑。我说，这不正是当下诗歌的一种生存状态么，他俩相视不语表示默认。我们的谈话就这样开始了，在动与静之间，在岸与水之间，在广场舞大妈的汗腥与河面清新的凉风之间。

二

诗人的童年是孤独的，或者这么说，一个孤独的童年是一粒奇异种子，起初为生存拼命向高处生长，希望得到更多的阳光；根拼命往深处钻，吮吸养分，让根伸展到更大区域，以支撑还在继续生长的高大树身。长着长着，一只鸟飞过来，栖在晃动的枝丫上；一片云移过来，洒下几滴浸凉的水滴。这时，这棵树就有些不安分，开始思考鸟为何飞来，从哪里飞来，为何会对着风鸣唱，云块为何又会飘走……你觉得你童年孤独吗，在成为诗人的路上，童年是否像一粒种子埋在你生命潜意识里？

远处河面暗下来，对岸稀落的灯光投射在河里，长长短短色泽各异。河风让这些长长短短的光束摇摇晃晃，不远处的码头浅水区，几个光着屁股的孩子，在母亲催促下不情愿向岸边凫动。

这是属于我的任何人不能觊觎的私人财产，一直以来，我都是这么认为的。

晒岩坪有两只浑身发金光的兔子出没，这是个传说。祖母说，只有没有脱完乳牙的童子才有机会遇见。我自豪地摸着自己的牙床开始守候，态度虔诚。太阳花山，太阳线缓缓扫过晒岩坪至寒月初上银辉抹过西岭，这段时间是白兔出没时机，也是我等待大人们晚归的时刻，没有人干扰我的守候。那个年代，大人们总有忙不完的事情，饥饿像一把利剑悬在每个人头顶，只好用这个美丽的传说抚慰。可我认定这个传说是真实的，就像那颗留在牙床最后的乳牙。

红红的太阳慢慢向西边山岭移去，一枚枚错落无序的岩石像是驱散的羊群，突然听到一声响鞭戛然停在了那儿，一动不动。绵延的山岭在晒岩坪投下一道美丽的太阳线，光线里景物通透鲜亮，阴影里的一切朦胧虚幻。我静静蛰伏在一块岩石后面，等待那两只白兔出现。闪亮的太阳线慢慢从西面向这边扫移过来，整个晒岩坪像一块缓缓浸入水中的布面，慢慢浸洇开来。我终于等到了，就在太阳线与月辉交汇的刹那，两只传说中的白兔闪现在前面岩石间的草坪。身子站立，前腿双双高举，相扑而嬉。母亲一口咬定是我刚睡醒，光晕了眼。我不认为是幻觉，坚持要挖到真正的金兔子来证明。逐着太阳线，我挥锄而掘；银辉下，我失望而归。我固执地认为是地方记错了，想等白兔再次出现重新定位。往后的蛰伏等待，漫长而寂寞。

·············

除去那两只白兔，晒岩坪的岩缝地穴里，还生活着许多长着龟纹的虫子。大人们去村里上工，常是很晚回来，白天的日子漫长得像身后的影子，赶不走。我将一个洞穴沉积的泥沙掏空，捉来几只甲壳虫丢进去，然后去捧泥沙掩埋。当我捧回下一捧泥沙回来时，发现甲壳虫拼命抖落压在身上的沙土，从穴底张牙舞爪地爬出来，惊慌失措地举头四顾。于是，我就继续往洞穴里灌泥沙，它又重复先前的动作。最后，甲壳虫会踩着慢慢垫高的泥沙，在我离开去捧下一抔泥沙回来前逃离掉。

甲壳虫的逃生本领，教会了我怎样在这座城市里生活，并适应这里的秩序。

新才兄读完我用微信转给他的这段文字，好一阵儿没说话。也许那两只金光裹身的白兔，也曾在他的世界里出没过，还有那只长满龟纹的甲壳虫。我说，你如果觉得我童年的这份孤独让你感到疼痛，那答案就是否定的，但我还是希望你会沉陷在我童年世界所构筑的那种诗意里。

新才兄没有接着这个话题往下走，他需要一些时间才能像那只甲壳虫一样爬出来。他说，对于一般人，读完中学考上大学，毕业后进入单位似乎是一个固定程式。在朋友圈子里，虽然不能用另类这个词，却是这个概念，你一直都是这么另类地存在。对于作家，那段漂泊的日子常常会被人们说成财富，而我觉得是不是财富，谁都没有权力去做这个结论，只有你自己知道那些岁月给了你一些什么东西。我们来个假设，假设你没有成为作家，你会不会谈起那段岁月里的风风雨雨，带着某种庆幸与感恩的心态。

是的，我没有参加高考，从中学校园出来一直居无定所四处飘荡，到过很多地方，听过很多方言。最早是兜售一些生活用品，记忆最深刻是售卖一种黏贴在黑白电视机屏上的彩色塑料薄片，这种薄片会随着画面的深浅跳动，模拟出彩色效果来。后来是开发廊，换过不少的城镇，到过的地方名字都记得，那些脚印深深浅浅在记忆里存放着，听过的方言却一句没学会。有时听身边人说起，也只有依稀记忆，终究不能与那个地方地名联系起来。在那段漂泊的日子，对方言潜意识是带防御的，它带有一定的侵略性，放大你身在异乡的孤独感。

我到过很多地方，却只会说母语。

三

我觉得好的诗不是句子本身，而是句子背后那一种共生的情绪与挣扎。实际上我们不期望诗带给我们文字之外的慰藉，如果我们感到了慰藉，那是因为那些句子让我们积郁的情绪得到了一种宣泄。戈特弗里得·贝恩说："整个人类就是靠几次遇见自我来维持其生存的，但是有几个人能够遇见他的自我呢？只有少数人，他们都是一些孤独者。"诗人在突然而至神性般的自言自语中遇到自我，他所表达的情绪中有我们的影子，因此我们所获得的慰藉也是一种孤独。

我们的孤独来自对世界的未知，那是一种永恒，像一条不息的河流，像空虚高冷的天空，我们凝望它们，最后的意义却可能是一种茫然。所以，我们需要摆脱，你深处大山，听到了山外的那条河流，你想知道它的真相，其实是想寻找自己存在的意义，但你很快会发现：你的存在仍然在那条河流之外。面对永恒浩渺，眼前的一切仿佛都是一种虚设，现实总不是自己的家园，诗人的灵魂总在现实之外游荡。

河流在流淌，树木在生长，季节在更替，天黑了又亮，亮了又黑。为什么要追问这些？诗人是一棵站在寂寞现实世界里的树，却时刻想着逃逸，远离森林，而诗是他的桥梁。所以诗与其说是一种文学形式，还不如说是人类未知的一种精神符号，是肉身跟精神的一种遇见，如果你知道了这一点，你就会知道为什么有的诗索然无味，因为那些诗没有魂，只有雕琢的词句，写的意义和读的意义都没有……

万水兄祖籍河南辉县，出生在沅水支流一条叫酉水岸边的小村子里，离我们坐着的这个码头不到二十公里。他把自己比喻成一块麦田，用这种方式致敬北方，回到故乡去。"上帝创造了诗人 / 也创造了麦子 / 麦田养活了诗人 / 而诗人知道 / 他的麦田在天堂……"这是万水兄《想起海子》里的句子，我喜欢是因为我们都未曾放弃对麦田的寻找。我的麦田在乡村，他的麦田在这座喧哗城市上空，在上帝的辖区。所以，他的寻找带着皈依的悲壮。对诗歌他同样带着这种对麦田的寻找精神，用生命的最原始生态，思考着诗歌的生长。

所以，我与万水兄关于诗歌的一些观点是一致的。我是一个没有偶像的人，没有特别喜欢的诗人，也没有过目不忘的诗随口背诵出来。我不会想着要系统性去研究一个诗人，读高深的诗学理论。小时候母亲在耳朵边喋喋不休讲道理，再大些，父亲开始讲比母亲更大更深的道理。我潜意识里是抵制那些系统理论的。读诗也不太关心作者写作背景，我觉得这是诗人自己的东西，与我没有多大关系，只要打动当下的我，正在阅读时的我，就是好诗。往后某个地方的某个时间点上，经历了一些事会突然想起那句诗来，然后泪流满面，于是永远就记住了，接着开始关心起这个诗人，为能读到再次打动我的诗句。

现在写诗的人比读诗的人多，有时你会觉得这不是一句调侃的话。导致这种现状有很多因素，当下的诗歌创作似乎没有了审美标准，快餐化娱乐化，你不能否认这是其中一个重要因素存在。这个时代已经不会诞生伟大诗人了，换句话说，伟大诗人的时代过去了，曾经那些闪耀在夜空的星辰，无数次照亮我们走过城市夜幕下幽暗潮湿的巷陌，和旷野爬满各种虫蛾的崎岖山路。我们的怀旧情结在当下变得稀缺，充斥着违和感。这个必须自信，我们还年轻着，最精彩的人生才开始，诗人们老去了吗？我们站在断崖上等待诗人们归来，心底却是茫然的，一旦诗人们真的归来，穿着旧长衫，我们该选择哪种仪式去迎接。在选择仪式的困惑与等待之间，什么才是我们最需要的，有意义的。

四

接着我们就聊到我开发廊的那段岁月，我不想否认也用不着去否认，只是日子过得有些不是我想要的样子。

上世纪九十年代中期，我在一个部门办公室做文字秘书，你一个初中同学和我同事。那天你来找同学办事，不知怎么就聊到了诗歌。你一直站在那里滔滔不绝，两眼放光，时不时朗诵自己的诗作。应是三十岁不到吧，长发飘飘，瘦削的身子，给人的感觉像风中一棵树。同事后来告诉我，你在图书馆外面开了间发廊，叫"格子发屋"。最初的感觉，你是一个骨子里的诗人。你可能不记得，当初我爱人上大学时和她同学在"格子发屋"烫发时，听了一堂关于《静静的顿河》的讲座。两个汉语文学专业的小姑娘出门后面面相觑，感叹高手在民间！同为农村出生，仅隔着一条河，剥去这些与生存没有多大关系的梦想外衣，我是了解你生活的那种窘迫的，加上你以前的漂泊日子，尽管我在有意回避"磨难"这个词。你认为磨难或者说成是窘迫，对你的文学创作有何帮助，而从你的作品中，虽然能读到一些磨难痕迹，却并不让人伤感，反而氤浸着一种让人舒适的温度。

新才兄的话，让我不自觉回到那段居无定所的日子。我母亲是不识字的普通农村妇女，却给了我很多文学的意象，我大多数作品都来源于她给我构筑的精神世界与未知的世界。这也启发了我，诗歌本质是由若干生活细节组成的，而这些遴选出来的细节，让本来平凡的生命变得有诗意。生命中有些体验是重复的，很乏味，关键看细节，细节因为时间地点变了，审美也发生了一些改变，这种重复就有了意义。我由此学会了热爱生活，爱身边人与事。

人的磨难不是创作源泉，你的家到处在漏雨，你终于找到一处刚好安身下来不被雨水淋到的角落，你的心开始慢慢平静下来。这时你会发现雨点是透亮的，没有先前那般凉，恰好这时一只蝴蝶飞过来，她必需要和你一同享用这个空间才不会被雨淋湿翅膀。你一动不动，让蝴蝶停在你的肩上。因为长时间保持一个姿势，你有些受不了，想动，但你一直在坚持。如果你有这个经历，换种说法，生活给了你这个机会，那你就得好好感谢生活，感谢磨难。

生活永远比文学作品精彩，没有人可以否定这个说法，无论磨难、窘迫，还是春风得意，我们只能在某个冷静的状态去回忆，很多东西会被遗忘或者放大。每一位作家都使用过选择性遗忘，这是一种无奈，有环境的因素也有自身的，包括在不同审美情趣与价值观下对细节的遴选。

夜幕下的河面充满虚幻，一只机动小渔船从上游黑暗深处驶来，发出嗒嗒的脆响。因为夜色，这种声音被放大着。新才兄说，你小时候听到船声是这样的么？我说，频率是这样，声音要大很多，那种尖锐感让大山变得脆弱不堪。我没有接过新才兄递过来的香烟，自己还是习惯抽手中的老牌子。新才兄似乎又找到话题，写作就像抽烟一样，每个人都有偏好和对某种感受的迷恋，像你这样小说、散文、诗歌样样写好的不多见，你自己认为哪类作品写得更好一些呢，或者说更喜欢哪一种体裁的表达？你影响最大的还是小说，但身边朋友说得最多是你的散文，一些老朋友却仍然叫你诗人。

其实，诗我写得很少。我打断新才兄的话，一些老朋友们认定我是诗人，这也许与我的相貌与性情有很大关系。不可否认，写诗对我还是有大作用的。朋友说，如果你没有这么多年的诗歌功力，散文、小说不可能上手这么快，而且明显区别于其他人，你的作品充满诗意叙事，这是你的优势，要用好。如果硬要我选一个答案，还是小说吧。小说留给作者要表达的空间更大，方式也更灵活，更能接近你生活的原貌与本质，有机会去触摸每个细节的温度，这种感觉是美妙的。

说到选择性，还是让那只停在我肩头避雨的蝴蝶告诉你吧。不过要补充说明一下的是，雨停之后它就飞走了……

五

我们说只有少数的孤独者才能接近和表达出诗歌神性的一面，不等于说我们能让诗歌摆脱世俗，成为一种少数人把玩的游戏和自慰。我始终觉得诗是根植于世俗土壤的，中外莫不如此。人是自然的一部分，却又不幸地与自然对立，这种对立就是源于世俗生活，包括我们试图回归和逃离。我觉得这个时代诗歌的悲哀是远离了真实的生存和人类共同的生命意识，最终让我们失去了读者。二〇一六年，诺贝尔文学奖第一次授给了传统文学意义之外的美国摇滚、民谣艺术家鲍勃·迪伦，我认为鲍勃获奖的本身就是一次诗歌的回归，向根植于世俗的诗歌的本质回归。这些年，一些虚假的情绪及玄虚的技巧让诗歌沦为了一种形式化的精致语言游戏，人们也因此失去对诗歌的判断标准。我不是诗歌评论家，作为一名忠实的诗歌读者，面对一些诗人诗歌，我只想说：你究竟要表达什么？我能从你的诗歌里得到什么？鲍勃·迪伦是一个歌者，他需要在舞台上简单直接地表达他的情绪，他需要让他的表达变成大众共鸣和宣泄。

所以"复杂从来不是一种美学，而是一种愚蠢。因为那是一个诗人、作家的感受力、判断力和表达力极为低下的第一特征"（周公度）。

我一直以为，万水兄是被行政事务耽搁的文学批评家，一个有着哲理思辨，同时又有生活质感的诗人。我说，这就是诗歌在慢慢远离我们的原因，不仅仅在诗歌的表达形式，还有更多诗歌之外的东西，均戴着诗歌的皇冠挤攮着，在我们的身边聒噪，眼花缭乱。爱清静的人开始躲避，怀疑自己出了问题。诗人本是无比神圣的，如今很多写诗的朋友在回避谈起诗歌。我想这种现象应不只在身边，在国内，甚至蔓延到了世界各地，不然诺贝尔文学奖不会颁给鲍勃·迪伦。诺贝尔文学奖的评委们似乎在做一些努力，他们希望自己的努力能成为一种导向，重建诗歌审美。有时我在思考，其实这与诗歌杂志导向和编辑的审美情趣有很大关系，相当多的诗歌作者写作就是为了上刊，以此证明自己在诗坛的存在与位置，很少有真正写给自己的诗歌。有些自发创办的民刊还真的不错，他们在为自己歌唱，如同鲍勃·迪伦。

在我老家长浪山有一种鸟，喜欢独来独往不爱群居，叫声特别，悠扬清脆，如歌如吟，非常容易从众多鸟叫声中分辨出来。它一张嘴，整个林子都是它的，再叫，整个长浪山都是它的了。到了春暖花开交配孵卵的时节，雄鸟便开始奋力歌唱，为的引起雌性鸟注意与好感，声音夸张而骄躁，一点儿也不动听了。唯一的好处是，我们便知道芒种到了。

六

有些人，他只对自己的生命负责，只有那些被评论家们漏掉的琐碎生活才会感动到他，他常会用一些不被人发现的细节去征服读者。其实，这也是我努力的方向。

新才兄说，记得二〇〇九年《文学界》给你做过一期"诗人与故乡"专栏。这个栏目做得相当好，每期我都认真看。

常听着机帆船嗒嗒声，忘了手中正玩着的游戏，侧耳静听，那声音却慢慢远了。父亲告诉我，远处那几道山梁背后有一条河流过。

我见过最早的船，是机动与风帆共为动力的，顺风升起桅帆，逆风则只能全凭机器动力推动。那时的柴油机功率不大，没有消音装置，发出嗒嗒的脆响，有些刺耳，却不让人讨厌。人们习惯叫它打屁船。我对这条河的认识，最早就是从这种打屁船嗒嗒声开始的。这条侧耳听来的河流，从一开始就充满想象。神秘。飘忽。

记忆中，第一次看见这条河不足四岁，翻过门前山梁，撞入眼帘是让人窒息的蓝与大，超出了一个孩子能够承受的惊叹。现在想来，好蓝的一条河，好大的一条河，成了我学生时代作文中对河流描述最漂亮的语言。第一次相遇一条河若是成年，那他就错过了一条河对生命最为震撼的历练。显然我是幸运的。我对这条河的认识，从最初的神秘、飘忽，变成了蓝与大。

你在散文《听山外一条河流过》中是这么描述你的童年与故乡的，虽然与你只一河之隔，我却还不曾去过你的故乡。

说起故乡，我会莫名伤感。以前读到"故乡是回不去的那个地方"，总觉得是人们矫情，现在才明白故乡不光是回不去，还恣意疯长着断肠草。我写过一篇《分山分水》的散文，有点像是对即将消亡故乡的祭文，你可以看看。

白沙溪全长应有二十余里，绕山穿洞没法去量，也没有人去做这等无聊事，凭着人步行时间做的估算。沿溪有一条间断着铺有青石板的傍溪路，溯溪默数着高高矮矮的过水跳岩往山深里走，一路哼着小曲的溪水突然在脚下分成了两股水流，一左一右没进杜鹃叫得更亮的山谷，仰头便能看到从散落在坡坳处黛青色屋顶升起的灰蓝色炊烟。我想，村子的名字应该就是这么得来的，上面一个"分"下面一个"水"，一条溪流分开的地方，可惜这个字如今电脑录入不了，读"Na"，去声。

"分水"不行，只能"分山"了，从此"岔溪"就成了如今故园的名字。从第一位先祖来此安生繁衍，至上世纪九十年代初，一直这么叫着的村名没有任何征兆被改了名，这种陌生感时常阻隔我回到乡村语境独有的那种温暖里去。

有一天，李桃花在群里突然问，"大作家，'Na'字怎么打啊？"

是啊，"Na"字怎么打？我半天说不出话来……

结束语

没有什么比时间让人看到生命的本质和事物的真象，我们被围堵在时间里收获感动，躲在时间深处某个开满一年蓬黄蕊白瓣花丛下清理伤口。回想起来，一切努力与惶恐都是一种多余，像身边的这条河流，你只能想象着它从群山中流来，眼前所见是蓝色的平静的。坐在这条河某个码头上，你可以想象一些与河相关的事物，也可以只是静静地坐着，抽一支烟。一只白色鸟从远处飞来，你迅速取出手机，拍下它掠过河面的翅膀，发一个朋友圈，告诉你在某个物理位置与某个时间节点上的真实存在。

四十多年前，当我专注倾听这条河流的时候，机动帆船的嗒嗒声会在某个时间点上消失。在没有看到这条河之前，我是想象不出河流上会有码头，船累了要抛锚靠岸。再次听到它时，声音是由大逐渐变细的，最后留一线飘飘忽忽线索让我遐想。

过滤一条河流的方式 / 汪冰点 摄

听山外一条河流过

一

常听着机帆船嗒嗒声，忘了手中正玩着的游戏，侧耳静听，那声音却慢慢远了。父亲告诉我，远处那几道山梁背后有一条河流过。

我见过最早的船，是机动与风帆共为动力的，顺风升起桅帆，逆风行驶就只能全凭机器推动。那时的柴油机功率不大，没有消音装置，发出嗒嗒的脆响，有些刺耳，却不让人讨厌。人们习惯叫它打屁船。我对这条河的认识，最早就是从这种打屁船嗒嗒声开始的。这条侧耳听来的河流，从一开始就充满想象，神秘、飘忽。

记忆中，第一次看见这条河不足四岁，翻过那几道横卧在门前的山梁，撞入眼帘是让人窒息的蓝与大，超出了一个孩子能够承受的惊叹。现在想来，好蓝的一条河，好大的一条河，成了我学生时代作文中对河流描述最漂亮的语言。第一次相遇一条河若是成年，那他就错过了一条河对生命最为震撼的历验。显然我是幸运的。我对这条河的认识，从最初的神秘、飘忽，变成了蓝与大。

二

沅水过洪江一直北上，直到最后最大的干流酉水，自西北在沅陵县城西虎溪山山脚注入后才折向东流。一条河的青春成长，在这里才算真正完成，桀骜、反叛、乖戾才刚开始。沅陵是这条河最大的码头，在这里泊位的不尽只是船只、木排，还有生命的隐寓与文化。

会石滩是沅水十八滩之一，因河床奇异、滩险涡旋，将两岸岩石冲蚀得奇形怪状，似一席怪石盛宴得名。滩尾北岸是一汪平缓沙湾，一条小溪从山的深处流来。这个地方叫白沙溪，地方与它的名字一样漂亮。外婆家就在溪港里。六岁那年，我在这里住过一年时间。大舅是民办教师，更像私塾先生，学堂由一间堂屋改就，我在这里上过大舅的课。有关这所学堂的记忆我一片空白，只是门前这条奔涌的大河，将我六岁的记忆填得满满当当。

很多日子，我常坐在一块光滑的大岩石上，看眼前这条静静流向远方去的河，数漂在河水上面一挂连一挂的木排和游动的机动帆船。逃脱外婆视线是我心最安静的时候，发现河流有时是静止的，却不敢与表兄弟们说，怕他们取笑。这个秘密成了这条河给我最早的财富。外婆的寻找时常弄得小村子气氛紧张，生怕我独自一人去深处凫水，回不了岸。在她眼里，我是一只山里的旱鸭子，河是一道我生命中的天堑，永远越不过去。其实，我早就偷偷学会了游泳，而且可以像表兄们那样踩水，永不沉下去。我还弄懂了滩、涡、润、潭等与河流有关的字词，这些具有生命象征意义的字词，在我以后的语境中频繁出现。

大舅的学堂只开一个年级，相当现在的学前班，二年级以上在胡冲坪村小就读，初高中在北溶集镇上。我喜欢站在村口那棵大槐树下，等从镇上放学回来比我大的孩子。今夜镇上有没有电影放映，他们会第一个将消息带到村子里来。如果没有，他们会在溪港外河湾里，磨蹭到天黑才稀稀拉拉在村口出现；如果有，他们会变得异常乖巧勤快，升火做饭，早早做好准备。

北溶集镇在下游约五里的地方，除了县城，这是沅陵县境内最大的码头。古时北溶驿的名声不小。沅水过了会石滩，一下子平缓开来，徐徐弯出一条大大的河湾，到万家山山脚才突然瘦身，奔涌而下。北溶镇就在这条河湾北岸，一条约七米宽的沙石街，上到唐溪桥，下至溶溪桥，顺河岸一路铺延开去，不动声色。

我们常会弄错放映时间，赶到边的时候电影已经开始。大多数时间我们都是提前到，痴痴地等。那时的电影放映不会按照海报上的时间，得看电影胶片什么时间从县城送到。那时排片一个县大都只有一个拷贝，放完一卷立即送下一个放映点。站在靠河边的位置，眼睛注视着上游方向，前方一片漆黑，我们期待那束耀眼的车灯跳晃着射过来，想着那就是装着电影胶片的汽车。好长一段时间了，那束灯光还是没有出现，我们只好怏怏地沿公路往回走。

河风吹在脸上清爽无比，为排遣郁闷，我们你追我赶地奔跑。借着淡淡月色，黄泥巴公路像根土色带子，好捋得很。我们疯狂地跑，把失望丢在身后，从河面吹来的风掀开胸襟，飘然惬意，如今还记得。

小学二年级我离开了白沙溪，到胡冲坪村小上学，跑通宿。胡冲坪村小在白沙溪与北溶集镇之间一个山岭后坳。在河边，却看不见河。我只能在课堂里，静静听那条河从山前缓缓流过。只是此时的感受有了些不同，毕竟我已看到过河的样子了。有时禁不住，从那片一坵连一坵田埂走过去，翻过一道山梁，那条日夜奔涌的河就出现在了眼前。有时看得尽情，回来被老师扯到讲台上罚站。我说我去看河了，我的理由引来了同学们哄笑：一只山螃蟹，丢到河里淹死去。我没有争辩我已经会踩水，永远不得沉下去。

直到小学五年级，我才转到北溶镇花园小学读书。北溶区中学是所很有名望的高中，遗憾的是我没能在这所区中上过学。与我同村的邓兴旺，就是从这所中学考入清华大学，后留美并获得美国总统奖的华裔生物学家。当时的区中学没有设初中部，由北溶公社花园完小托办。一九七八年我刚进初二，初中部迁至下游十里处的朱红溪农校。我没有随校去朱红溪，而是去了上游二十里处的深溪口中学就读。

在花园学校读书的两年时间，记忆最深的是教室凭河一排宽敞的竖条格窗户，坐着都可以看见那条蓝得刺眼的沅水河静静流淌。

我对北溶没有多少感情，常有那种异乡人的隐痛。这里是个大码头，有些霸道，似乎不适合我的性格。码头有码头的性格与文化，只是在这里有些过头，我一直不能走进这条不足五里的沙石老街。在上海黄浦江码头，我也不曾有过这种感受，后来问过几个乡籍朋友，他们均有此种感受，才让我有些释然。北溶集镇出官、出商人，却不出文人，也许与这里的地域性格有关。这里是沅水流域有名的古驿站，却不见有什么大文人在这里留下过笔墨，不免让我有些失望。在史料中查得，清代大诗人查慎行在康熙十九年，随军征讨吴三桂余孽时坐船路过此地，写下著名的《北溶驿》。这首诗自然成了北溶文人唯一可以蘸闻的一抹墨香了。

一九九四年五强溪电站建成蓄水发电，北溶集镇就地后靠重建，原来的镇子沉入到近百米深的水下。二〇〇四年六月二十三日，对于北溶集镇是个灾难的日子，巨大的山体滑坡瞬间将整个集镇吞没。区乡行政机构迁往朱红溪，二千多人全部迁走，沅水流域一个古老的码头就这样没有任何征兆地消失了。

县城多了一个北溶街，他们喜欢群居，这是北溶码头的性格。北溶街离我办公地点不远，却一直没有去过。

三

沅水从北溶开始进入峡谷区，一直到麻伊洑止，全长四十公里。桃源以下，为冲积平原。这段峡谷区是一千零三十三公里沅水最为精彩的河段，每一个码头都有一个感人的故事，每一个故事都会让你落泪，每一滴泪都能藏下整条汹涌的沅水。

刚进高二我就放弃了学业，参加一个文学函授大专班，一边学习一边找事做挣钱。我走向人生第一步就是从这条河开始的，当时小县城还没有彩色电视机，一些厂商突发奇想开发出一种模拟彩电的变色胶片，将它粘在黑白荧屏上，随着画面的深浅跳动，模拟出彩色效果来。这种变色片进价两元，卖出是八元。那时的八元可不是一个小数字，掐指算可抵现在的八十有余。

我顺这条河自上而下兜售这种彩色胶片。那年我十六岁不到，以一个青春少年的迷茫与激情，遍历了这条河中游河道的每一道险滩、每一个码头。

沅水过了十里碣滩，是十里长潭。鸭窠围是潭首，中间是腰堂，潭尾叫潭口。若是从下游逆流而上，这个命名便确切些。那时，沅陵至麻伊洑上下航分别只有两趟客船，都是清早启航。下水船需半天到达麻伊洑，而上水船足足要一天的时间。不像现在，有许多码头与码头间跑短水的小客轮。我是在斑竹溪码头下的船，这里虽然只是一个村级属地，因为这条河，它的繁荣并不逊于一般的公社集镇。后来我注意到一个现象，但凡一些繁华的码头，全在这条河的北岸，我想这许是南岸山势陡峭、北岸平缓的缘故。

斑竹溪名不副实，这里我没有见到想象中的斑竹。河心有一片很长的洲渚，上面有成片的芦竹族植物，夏末初秋，花穗绽放，河风吹来，像云层飘然起伏。若是坐在一间临河凭窗客栈，看眼前的景象倒是一种难得的兴致。

本来打算要在这里过夜，客店都选好了，临河有窗。到了吃饭的时候，听人说有个装木材的货船，天黑前要赶到鸭窠围去，便前去与老板套近乎，搭段顺风船。常年在这条河上跑生活，自然有了些豪侠气，吃江湖饭哪有不求人的时候，老板爽快允诺。船过碣滩时，一个本地船工指着北岸那一大片茶林，说唐朝时碣滩茶就是贡茶，一直盛誉不衰。我走出船舱，看着那片茶林，想象着它与唐朝的一些联系。

十里险滩有惊无险，船在波峰浪谷与本地船工的茶经茶道中穿行。天刚擦黑时分，船身突然平稳下来，驶入长潭。鸭窠围到了。

沅水是洞庭湖水系最长的一条河，也是最波澜壮阔的一条河。在这条河上行船放排讨生计的人，可以不记得洪江，不记得浦市，但鸭窠围与清浪滩，却不能从记忆中抹去。真的历史是一条河，那么被我们疏忽若干年的人类哀乐全在这里。窠，鸟兽昆虫的窝。从字面上不难领会这是一个什么地方。生命的无常，人生的无定，梦想的边缘，际遇的悲欢，心灵的飘零——鸭窠围，一群野鸭子的家。

河面很宽，河岸是一排无序的岩石，每一块高耸岩石都曾为漂泊到此的船只挡过风寒。那些在此停泊过的心都留下了热度，才将这些岩石焐成此番血绛色。鸭窠围位于碣滩与清浪滩中部，因为它的特殊位置，历来是沅水最大的驿站。中华人民共和国成立初期，洪江专署设在这里的照料站就达两百多人，比现在一个县级火车站工作人员还要多。后来，随着河道整治，帆船机动马力增强，这个照料站功能才慢慢变小。上世纪七十年代初撤散，转民间经营。

装木材的货船靠在码头下方一处沙渚上，这样方便装舱。我独自跳下船，双脚在松软沙渚上陷下一对深足印，回头望去，那足印里很快就蓄满了水。我没有急着上到坡岸去，明天客轮经过这里至少已是中午时分，有足够时间去卖我的彩塑胶片。我爬到沙渚一处岩石上坐下，看这河湾傍黑时节的景致。

"这地方是个长潭的转折处，两岸皆高大壁立的山，山头上长着小小竹子，长年翠色逼人。这时节两山只剩余一抹深黑，赖天空微明为画出一个轮廓。但在黄昏里看来如一种奇迹的，却是两岸高处去水已三十丈上下的吊脚楼。……地方既好看，也好玩。"后来读到沈从文先生《湘行散记》中的《鸭窠围的夜》，确实是此番景象。只可惜当时不曾读过，如果先前读了，定是另一种情致与心境了。沈先生文中有关"烟匣"、"烟枪"、"唱曲子的妇人"这些描写的事物景象，早就没有了。"藉着火光灯光，可以看得出这屋中的大略情形，三堵木板壁上，一面必有个供奉祖先的神龛，神龛下空处或另一面，必贴了一些大小不一的红白名片。"这段文字描述的情景倒是可以遇见。

我住宿的这间客店，是一栋三进两层吊脚楼房，楼下是主人居住与招待客人的地方，楼上全是客房。在一处用报纸糊贴的壁板上，我发现了一些用饭粒摁上去的名片。某大学、某文艺团体、某政府机构等，他们许是整理包裹时随意丢置，或是有意留下，店主有心贴到壁板上做广告宣传用，以此招揽生意。无论怎样，有一点可以想到，这些人均是看了《湘行散记》，揣着文字里的情绪，沿这条河来到这里的。

四

小云溪，河流地名叫潭口，是个有着极强女人味的美丽地方，始于鸭窠围的长潭到这里才结束。再往下，便是有鬼门关之称的清浪滩。那句老话说得好，再桀骜不羁的男人，只有从女人温柔里走出，才会有那种排山倒海般气概，不论他漂到哪里，都会惦念着回家的期限。小云溪，一条险滩开始的地方，一个男人回家的码头。

二十年前，我在这里遇到一个长辫子像感叹号坠在身后的姑娘，属于我的那条河流便有了港湾。儿子已上高中，每年寒暑假最喜欢去的地方就是这里，他说了一句很文学的话——小云溪就该是外婆住的地方。

小云溪不大，从群山深处蜿蜒而去，自北注入沅水。溪港下游是一片长约两里的沙渚，枯水季节露在外面，是童年好玩的去处。去河十丈左右岸沿，有一条约三里长左右用杉木条铺就的街道，靠河清一色吊脚楼。下船从河滩望去，若是头上戴了帽子，不用手去掌握会滑落下来。因为陡峭，感觉镇子就在头上顶着，有种压迫人的感受。与其他沿河集镇一样，这里虽是一个村级镇子，却什么功能都有，饭店、旅馆、供销社、放映室、图书室等应有尽有。最大区别是这里的飙工社很出名。三十里清浪滩处处都是鬼门关，无论见过多大风浪的人，都要将船或排筏在潭口停泊下来，上岸聘请飙工把舵才能下得滩去。

中华人民共和国成立前没有成立飙工社，上滩拉纤、下滩送短都是由当地的飙帮控制，类似于北方的马帮、镖局，都是有帮派堂会的。他们是这条滩的神，掌控着溺殍饿鬼。有时，就算花重金请了飙帮的老师傅，也不能做到万无一失，船翻排散是常有的事。船排泊在潭口，他们会煮一鼎锅白米饭备着，飙滩时沿途抛撒，让结队追逐的红嘴乌鸦啄食。乌鸦吃饱了，便不会啄食被浪峰抛在黑石上亲人的尸体，前来寻尸的亲人也好有个完整尸首。我常想，那些煮过乌鸦饭有幸活存下来的人，会怎样向子孙后代述说这条河的故事。

潭口往下过十里险滩，就到了清浪公社所在地。古时这里不叫清浪，叫烧纸铺。顾名思义，上下行船放排途经于此，都是要上得岸来烧些纸钱才能安得下心。沈从文的《湘行散记》中有说是梢子铺，我想也说得过去，滩险水急，船排常会折桡断梢，上岸买梢舵是常有的事。我岳丈从前便是飘帮的人，专行下滩送短的事，自然知道地名。我想沈先生当年定是耳误，听时凭了想象。

再往下约三里，便是三十里清浪滩核心地段。枯水时节，更是不得了，河心会露出大片河石，壮观得不行，只有河道两边逼仄的河道可以行船。北岸叫铜钉偏口，南岸叫老石滩。水流较深时，行船放排走北岸，当河水浅至不足半丈，船只排筏就只能走南岸老石滩了。三垴九洞十八滩，处处都是鬼门关。饿鬼把着铜钉险，阎王守着老石滩。可见此处是何等滩险水急了。

铜钉岸岩上有几户吊脚楼人家，危危悬挂空中，着实让人惊奇，十几根很长的木柱子，像极了从岸岩某个罅隙处生长出来，上面顶了几枚棱角分明的果子。而这些酸果全是因了这条险滩而结出的。住在吊脚楼的人家不做别的营生，为行船过滩的人行些方便，讨生活。

坐上水船走北岸，乘客是要下船走过铜钉滩的。从那排吊脚楼下经过，我好几次都想趁船冲滩这段时间，爬到那几间吊脚楼里去，看看里面到底住些什么样子的人，想知道他们的形态是不是与人有些不同。

走南岸，我们便要下船沿河床围堰往前走。铜钉滩与老石滩中间是一大片裸露河床，足有五百多米宽。人站在河床上，视野变得辽阔无垠。河岩滩石坚硬而冷峻，有一种逼人的光芒，让我有些生悚。这些坚硬的滩岩磐石，它们却把逼人锋芒全藏匿在深处，感觉时时会迸发无穷力量，将这奔涌的河水挤压如刀矢之锋，破万物一泻千里。

——从这里，可以走进一条河最深的地方。

若是坐了下水船过滩，会是另一番惊心动魄景象。轮船如同粘在一根不停抖动的长飘带上，随着飘带律动，如行云端。你的手需掌牢了椅背坐垫，或是相互靠牢在一起才会稳得住身子，不使随了抖动的带子抛到舱板上去，出洋相。

南岸不远处的壶头山名气不小，跟东汉名将马援征蛮有关。东汉建武二十三年，武陵蛮首领相单程举事造反，占领澧水下游及沅水流域。光武帝刘秀遣武威将军刘尚率军万余征讨，结果全军覆灭。建武二十五年，伏波将军马援奉旨率军四万前往征剿。因清浪水急滩险，北方兵将不识水性，加上河面瘴雨蛮烟，乌鸦低徊，不敢冒然渡河，只好在壶头山扎下营寨，与驻扎在对岸杨家寨的苗蛮兵将对峙，终因不适南方水土与丛林气候，大量将士染疾病死军中。马援也没逃脱厄运，留下"马革裹尸"的典故。

我上过壶头山。伫立山巅，可以想象当年马援站在这里，望着脚下白浪翻腾、轰然奔涌清浪滩的感受。北宋大诗人黄庭坚路经壶头山，留下一首《经伏波神祠》供今人怀想：

蒙蒙篁竹下，有路上壶头，汉垒麚鼯斗，蛮溪露雨愁。怀人敬遗像，阅世指东流，自负霸王略，安知恩泽侯。乡园辞石柱，筋力尽炎洲，一以功名累，翻思马少游。

沅水的险与野，没有飘过清浪滩的人是没资格说话的。清浪滩还有一个很重要的地方：洞庭溪。在清浪公社原址下十里处，当时是区政府所在地，后因五强溪电站修建才迁到麻伊汭，洞庭溪变成了一个村级镇子。三十里清浪滩一直到白沙溪才算完，五强溪大坝选址就在庙公头与缆子湾之间，这里是河道最狭窄的地方。

这里的美丽自不必说，抄录一段沈从文先生的句子，便自然明白。"我的小船已泊定。地方名'缆子湾'，专卖缆子的地方。两山翠碧，全是竹子。两岸高处皆有吊脚楼人家，美丽到使我发呆。并加上远处叠嶂，烟云包裹，这地方真使我得到不少灵感！我平常最会想象好景致，且会描写好景致，但对于当前的一切，却只能做呆二了。一千种宋元人作桃源图也比不上。"（《泊缆子湾》）

再往下八里，有一个村级集镇麻伊汷，房子在北岸，一律的木结构吊脚楼，江南水乡典型风格。如今是一个很大的乡镇，跟先前已是没法做比较了。

五

沅水最凄美的故事与最柔情的山水，应该是从这里开始的。

一九八九年，我在麻伊汷住过三个月。当时五强溪电站正破土动工，大量人流涌入，曾经水墨画般的河边小镇，开始变得不平静。我的处女作《怀恋》就是这个时期，在这个小镇上写的，作品中写到的小巷与情感真实存在。河流在这里转了一个大弯，将镇子撂下向正东方向奔去。站在河沿码头，明月山便在河水流去的前方，像面巨大的照壁挡在那里。如此斧削般绝壁，在沅水这条河上还是第一次见到。这照壁，让麻伊汷这个古朴镇子更有了山水天成的韵致。

登明月山要从背后那座山开始，有一条很长的石阶，爬到山腰才知道这山是分开的，一座石拱桥连着深到谷底的罅缝。

故事很早就听过，只是今天才看到这座故事中的"顺母桥"。说山下有个女子，男人放排下常德在瓮子洞沉了水，山上寺庙有个和尚同情她，时常下山帮她做农活，用善男信女们施舍的钱粮接济，时间长生了感情，女子常借月光上山与和尚幽会。儿子长大后，明白了娘为什么要在夜里上明月山。儿子生怕娘过罅缝时不小心失足掉下去，就四处化缘筹钱修了这座桥。娘过世后，儿子趁着月光上山将那个和尚抛下了悬崖。"母在顺母意，母亡报父仇。"后来人们为了怀恋这个凄美故事，将儿子说的这句话刻在了石桥上，并为石桥取了一个很亮敞的名字"顺母桥"。如今凿在石壁上的字迹依然能看得分明。

本来平缓的河水，被这面陡峭照壁一挡，旋即变得急躁起来。这就是让无数生活在这条河上的人柔肠寸断的思忆滩。船过完滩，眼前一派绝然湖光山色便是柳林汊了。"我小船又在下滩了，好大的水！这水又窄又急，滩下还停顿得有卅来只大船等待——上滩。那滩下转折处的远山，多神奇的设计！我只想把你一下捉到这里来，让你一惊，我真这么想。我稀奇那些住在对岸的人，对着这种山还毫不在乎。……这河上的一切，你只需看一眼，你就会终生不忘的。"沈从文在《再到柳林汊》中是这么描述的。

沈先生看到这山水，心境定然不及我现在。看山水是要有雅致心情的，我看到的山水远要比他描述的美丽与灵动。

柳林汊集镇在河流南岸，在沅水流域是少见的。按河道常规是南陡北缓，这里却倒了过来。这里独到的美，显然是大自然的创意，天成的。

镇上有个冯姓大户人家，很大的宅院，七七四十九口天井，想想就知道那种气派。当地人称冯家大院。这院子主人叫冯锡仁，清光绪三年进士，授兵部给事中，加三品官衔。甲午战争后引退返乡，享受起这派山水来。我不艳羡他三品官衔，不垂涎他那四十九口天井院子，只是妒忌他的出生，如此山水让他占据了。

集镇对面是沅水四大险滩中最后一滩：瓮子洞。岸沿是近三里长的刀削绝壁，离水面约五六丈余位置，用钢钎之类器具凿了一条凹嵌进岩石里去的栈道，专供拉纤人攀爬行走。没有这段栈道，上行船是断然上不了瓮子洞的。贴着栈道凹壁，有一条很长用铁环扣起来的链条，纤夫必须手抓牢这链条才能稳得住身子，使上劲。听了这根铁链背后的故事，我的心突然沉重得不行，这根铁链有个凄美得要命的名字——寡妇链。

男人放排行船没有回来，在家的女子就四处筹钱打一个铁环。只要看这条铁链有多长，你就会知道有多少男人没有回家。每一个铸造铁环的女子，都有一个美好的愿望，希望她手中的铁环能让这条河流少一个同自己一样的寡妇。我常想，就是因了这条寡妇链，这山水才有了深到人灵魂深处的美丽啊。二十五年前，我到过沅水最远的地方就是这里。除了我的心境，这里什么也没有变。五强溪大坝在上游，下游的凌津滩坝离这里还很远，这里景致是沅水唯一幸存下来的地方。

一只小船从身边驶过，船头立着的女子回头看我们。这山水养着的女子，有山水一样的灵动。我想说，如果这里的女子爱我，我定不会让她有机会筹钱铸那个铁环；如果我爱这女子，我便不会带她离开这里，让世俗的东西染了肤色。

远处有几只掏金船在作业，宽敞的河面上，有许多冒出来的小沙渚，像极了河面鼓起来的气泡。然而它们是静止的，看久了，你就感觉这条河也是静止的。当发现一条河在你眼前是静止的，你的心就站在了一个很远很静的地方。

小船继续往下游驶去，两岸的景致是陌生的，也是惊奇的。我们的小船泊在海螺山对岸一个叫界首村的码头。界首村美丽而原始，一个与世无争的渔村。我们走下木船在村子里转了一圈，心全都变得悠远起来。河岸长满了一种很奇特的野花，当地人叫它辣子花。绿梗红托紫萼白蕊的细碎花儿将整个河岸涂上一层梦幻颜色，几个女子在前面不远处用石块铺设起来的码头上洗衣服。女子面朝着上游，我没有看见她的脸，但我想，那一定是个漂亮的女子，心若山水般恬静。一定是的。

我不想再往下游去，对于这条河，这里是我到达最远的地方；对于我，这里是这条河最深的位置，最远的远方。一些际遇与历验，让一条河虚幻起来，我听见另一条河流在生命的后山流淌……

六

从柳林汊上来，本来商定要在鸭窠围过夜的。我与国泰兄都有此愿望，将船泊在岸沿，在整洁的舱板上铺上棉被，合衣拥被，静静听水浪拍着岸沿与船体，该是何等怡情享受。

我们没有坐快艇，租下一只小动力木船，缓缓在平静宽敞的河面行驶。木船过腰堂已是近黄昏时分，一轮血红落日正缓缓滑下远处山迹。长长余辉从河的尽头伸延过来，光焰眩目，将黛绿河面分成南北两半。两岸山影如水墨般绵延远去，若梦似幻。国泰兄与随行摄影朋友站在船头，不停地按着相机快门，希望将此番景色留存下来，日后细读。

十几分钟光景，落日沉入前方山迹，天空突然间暗沉下来。

小船也到了鸭窠围。

几个摄影朋友坚持要在朱红溪下歇，明早回城，还说我们耽于情绪，像个文学青年。执拗不过，只好放弃夜宿鸭窠围的想法，吩咐船老板加大油门，向朱红溪驶去。国泰兄说，下次定要来此住上一宿，不邀他人，只我们两个。这个约定能否兑现，像留在吊脚楼客店里那些名片上的人，他们走时兴许也说过这样的话，可谁又再次来过？

雪后柳林汉 /郭川陵 摄

沅 水 谣

  张果老凿河醉了酒，倒骑白驴拐了很多弯，一脚深一脚浅，留下三垴九洞十八滩。

  吊脚楼醒窗前影，清浪滩现云上帆。壶头映月江北冷，马革裹尸梦里还。河涨洲水涨洲不涨，寡妇链肠断魂难断。登楼凭栏凤凰山，沅水落日圆，传说在凤凰不见。龙兴讲寺谁留客，一诗题壁千古传，对饮江中邀月难。

  柳影横江穿浪过，鱼栖枝头借风眠。二酉书简写春秋，江岸芷草水边蓝。顺母桥人老桥未老，明月山月圆梦难圆。巫傩鼓声声渐淡，高腔如长叹，落日欲燃江流岸。古来遗落多少事，云下风间都吹散，号子穿浪越重山。

  张果老凿河醉了酒，倒骑白驴拐了很多弯，一脚深一脚浅，留下三垴九洞十八滩。

一

这首网络歌曲让一条河从记忆深处醒来，是我起初没有想到的。

我的微博注册时间在二〇一〇年，仅仅只是注册没有去弄它。时间过去九年，一次偶然，朋友用微博头条转过来一篇写沅水的散文要我看，才发现我已注册过。今年一月，在很多朋友建议下申请了认证，成为一个在网上有名字的人。博友将这首歌@我时，我还不知道它已经发布，上了周榜推荐，火得不行。两年前，在一家茶楼与当时还是同事的网络国风音乐人河图先生聊到，想写一首有关沅水的歌，当时就敲定了歌名《沅水谣》。

> 常德桃源一大站，
> 穿石界首清浪滩，
> 北溶辰州泸溪县，
> 浦市江口到铜湾，
> 四十八站上云南。

河图先生成长在沅水最大的码头沅陵，我则出生在下游六十里处的北溶。北溶同是沅水的一大古驿站。明代，进入大西南有两条重要的古道。一条是滇川藏古道，生发于民间，以易茶为主要目的，以马为运输工具，故称"茶马古道"。另一条则是滇楚古道，生发于官方，东起湖南沅陵，西至云南昆明，途经辰州、锦屏、镇远、黄平、贵阳、普安。沅水童谣里提到的四十八站指的是滇楚古道。

沅水亦称沅江，发源于贵州都匀市苗岭山脉，在都匀称剑江，以下称马尾河，又称龙头江，至岔河口与重安江汇合后始称清水河，入湖南后在洪江市托口镇与渠水汇合，始称沅水。由于湖南最高山脉——雪峰山的阻挡，向北偏东方向奔腾而来，至沅陵县城西虎溪山下与沅水最后也是最大的支流酉水汇合，折向东去。

　　沅水是洞庭湖水系中最长的一条河流，更是湘、资、沅、澧四水中故事最为精彩的一条河流，得益神秘灿烂的五溪文化浸润，让它蒙上了某种神秘而瑰丽的面纱。楚人屈原在这里留下千古绝唱《离骚》，开创了中国文学史上的"骚体"诗歌形式，以及根据楚地民间祭神乐歌创作而成的《九歌》，谱写出全新的人神恋歌。西汉伏波将军马援身殉清浪滩壶头山，实现了一个军人"马革裹尸还"的悲壮天职，后有文学大师沈从文先生的《湘行散记》，更是把这条河的山水秀丽与儿女柔情描写到了极致，让这条河有了可以触及的生命柔情。

　　短短不到一天时间《沅水谣》网上点击破百万，这对于一个习惯与纸质媒介打交道的作家来说真是个天文数字，一度怀疑它的真实性。潮水般的博友开始在百度搜录歌词中的这条河，那些久远的故事与传说突然间被激活。他们开始下载网上能找到的沅水图片，对比着歌词中的意象，希望找到某种自己最先发现的线索，真真切切抵达这条河深处的美妙。有的博友开始用这些图片做 MV，不清楚的便发给我，要我确认图片上的地方在这条河上的具体位置。其中一个叫阿蕴蕴蕴的博友，一天写一篇博文，将这条河的历史与传说、个性与色彩展示给万千博友。这真的感动了我，也启发了我。

　　"桃源的酒，陬市的糖，蒋家溪豆腐像城墙，河㳇的饺面度巴长，德山的滚排像田方，常德的桅杆像沙杨。"

　　"张家界有个天门山，离天只有三尺三，上天只需抬一脚，下山却要一整天。"

"沅陵有个河涨洲，宝塔伸到云里面，上天还要向下走三天。"

是的，这条河有太多的童谣与故事要说。"等我手上的稿子写完，弄一篇完整版的出来。"我这条微博刚发出，博友们立即就跟上来：

"等待官宣！"

"小板凳已搬好，坐等戴老师官宣！"

二

先说歌名吧。

我的出生地在沅水北岸一个叫"岔溪"的小山村，去北溶码头要走八里山路，与沅水拉直的距离虽不远，中间却隔着一座山，童年时的我只能靠听山外面的那条河上机帆船的突突声去辨别河的流向与轮廓。我写过一篇很长的散文，《听山外一条河流过》，讲的便是我童年与这条河的一些关系。外婆家在北溶码头上游两里处的一个溪港里，十分漂亮安静的水乡风韵的村子，圆圆的，四围高，中间低，傍晚升起第一缕蓝色炊烟，像极了一把倒扣在那儿的唢呐。

记得第一次随母亲去外婆家看到这条河时，内心惊艳之余却是一种莫名恐惧，它太蓝，太大了。那时的我找不到别的词汇形容眼前盛况，只会用"蓝"与"大"童年里最为惊叹的词来表达。上学后，很长一段时间里，我都是一直用"好蓝好大"来形容一条河的。母亲说，你知道这条河为何这么宽么？娘告诉你，这条河啊，是神仙张果老修的，张果老年岁有些大了，耳朵背，村民们嘱咐他，要把河宽挖一些，你瞧张果老怎么样？他把"把河宽挖一些"听成了"把河弯挖一些"，所以就成了这个七弯八拐的样子啦。

传说在沅水流传很广，我却是第一次从母亲那里听到。母亲虽是一个普通的农村人，却给了我很多创作的冲动与素材，对外面一些未知世界，她常用童谣或是神话故事启蒙我的心智，让我脚下要走的路充满诱惑。

> 张果老凿河醉了酒，
> 倒骑白驴拐了很多弯，
> 一脚深一脚浅，
> 留下三垴九洞十八滩。

将这个传说改成上面的版本，完全是因为歌曲意象与节奏感的需要，同时也是一个作家的职业习惯，喜欢将现成东西弄得比过去更有新意一点。

"三垴九洞十八滩"，很多人以为只是个概念数字，其实不然，还真有这些地方，有名有姓。桃源县境内的铜皇垴，沅陵马料溪附近的裂木垴，沅陵北溶附近的猫儿垴，这就是传说中的"三垴"了。"垴"指的是江水中突出的大石头，与人们常说的暗礁意思差不多，对行船放排人而言是非常恐怖的。"九洞"有：黄草洞、槁衣洞、椰木洞、横石洞、杨家洞、鲢鱼洞、卡洞、瓮子洞、板家洞。传说中数翁子洞最吓人，在寡妇链下。与前面的"垴"与"洞"做比较，这"十八滩"知道的人更多些，它们分别是：白叶滩、鲢子滩、九矶滩、泅石滩、碣滩、何家滩、清浪滩、猴儿滩、赤角滩、黄沙滩、梦公滩、陈家滩、癞子滩、凌津滩、跑马滩、娘娘滩、牛皮滩、思忆滩。这十八滩中，唯三十里清浪滩名气最大，是行船放排人的鬼门关，经过的人无不印象深刻。

清浪滩在很多文学作品里都被写成了青浪滩，查过当地文献与碑刻，两种叫法都有出现，统一下来还没有多少年。我倒是更喜欢青浪滩这种写法一些，有色泽有质感。我对清浪滩有特殊情感在里面，也许与爱人家在清浪滩头小云溪码头有关，河图父亲的家也在小云溪里面一个叫和尚坪的村子里。

动笔开始写这首歌的时候，想过很多个开头均不满意，直到想起这个童谣。写完这四句童谣，一下就开亮了，对整首歌词心里有了底。按照我最初的创意，这四句童谣作为引歌出现，先用童声清唱，清唱结束音乐起，成人再重唱一遍进入主歌。再就是第二段副歌部分的"巫傩鼓声声渐淡，高腔如长叹"采用变调处理，用辰河高腔的戏剧唱腔演唱。

三

吊脚楼醒窗前影，
清浪滩现云上帆。
壶头映月江北冷，
马革裹尸梦里还。

"这地方是个长潭的转折处，两岸是壁立千丈的山，山头上长着小小竹子，长年翠色逼人。这时节两山只剩余一抹深黑，赖天空微明为画出一个轮廓。但在黄昏里看来如一种奇迹的，却是两岸高处去水已三十丈上下的吊脚楼。这些房子莫不俨然悬挂在半空中，借着黄昏的余光，还可以把这些稀奇的楼房形体，看得出个大略。这些房子同沿河一切房子有个共通相似处，便是从结构上说来，处处显出对于木材的浪费。房屋既在半山上，不用那么多木料，便不能成为房子吗？半山上也用吊脚楼形式，这形式是必需的吗？然而这条河水的大宗出口是木料，木材比石块还不值价。因此，即或是河水永远长不到处，吊脚楼房子依然存在，似乎也不应当有何惹眼惊奇了。但沿河因为有了这些楼房，长年与流水斗争的水手，寄身船中枯闷成疾的旅行者，以及其他过路人，却有了落脚处了。这些人的疲劳与寂寞是从这些房子中可以一律解除的。地方既好看，也好玩。"这是沈从文先生的散文名篇《鸭窠围的夜》里描写的吊脚楼景致，读着便对近一百年前的这条河有了些认识。

这地方是沅水最大的水上驿站：鸭窠围。沅水过了十里碥滩，是十里长潭。鸭窠围是潭首，中间是腰塘，潭尾叫潭口。潭口是清浪滩滩头，潭口是河流上的位置，岸上名字就是前面说过的小云溪码头。在这条河上行船放排讨生计的人，可以不记得洪江，不记得浦市，但鸭窠围与清浪滩，却不能从记忆中抹去。历史真的是一条河，那些被我们疏忽若干年的人类哀乐全在这里。窠，鸟兽昆虫的窝。从字面上不难领会这是一个什么地方。生命的无常，人生的无定，梦想的边缘，际遇的悲欢，心灵的飘零——鸭窠围，一群野鸭子的家。

鸭窠围位于碥滩与清浪滩中部，因为它的特殊位置，中华人民共和国成立初期，洪江专署设在这里的照料站就达两百多人，比现在一个县级火车站工作人员还要多。后来，随着河道整治，帆船机动马力增强，这个照料站功能才慢慢减弱。上世纪七十年代初撤散，转民间经营。

其实，岸边吊脚楼最为险象的还是要数清浪滩北岸一带，悬挂在岩石绝壁上那些摇摇欲坠的房子，看得让人提心吊胆。这便到了三十里清浪滩核心地段。枯水时节，河心会露出大片河石，壮观得不行，只有河道两边逼仄的河道可以行船。北岸叫铜钉偏口，南岸叫老石滩。水流较深时，行船放排走北岸，当河水浅至不足半丈，船只排筏就只能走南岸老石滩了。三垴九洞十八滩，处处都是鬼门关。饿鬼把着铜钉险，阎王守着老石滩。可见此处是何等滩险水急了。

铜钉岸岩上有几户吊脚楼人家，危危悬挂空中，着实让人惊奇，十几根很长的木柱子，像极了从岸岩某个罅隙处生长出来，上面顶了几枚棱角分明的果子。而这些酸果全是因了这条险滩而结出的。住在吊脚楼的人家不做别的营生，为行船过滩的人行些方便讨生活。坐上水船走北岸，乘客是要下船走过铜钉滩的。从那排吊脚楼下经过，我好几次都想趁船冲滩这段时间，爬到那几间吊脚楼里去，看看里面到底住些什么样子的人，想知道他们的形态是不是与人有些不同。

在清浪滩脚有一个大庙叫伏波宫，敬奉的是汉朝老将马援。庙殿前有一棵大皂荚树，上面常年栖满一种红嘴红脚的小乌鸦，成千累万。行船放排人路经这里，都要事先准备好饭食，见着乌鸦飞来向它们抛去。传说这些小小乌鸦都是马援死去的将士化身，谁也不许伤害它们，谁不小心打死一只，必要用银子铸一只大小相等的银乌鸦作赔。这是这条河的智慧，很多人明白，也不信这些，但人们还要这么照着去做，他们是担心这些乌鸦啄食身葬清浪滩亲人的尸首，不能给前来寻自己男人的女人留一具全尸回家。他们心里清楚，也许哪天身葬清浪滩的就是自己。

南岸不远处的壶头山名气不小。东汉建武二十三年，武陵蛮首领相单程举事造反，占领澧水下游及沅水流域。光武帝刘秀遣武威将军刘尚率军万余征讨，结果全军覆灭。建武二十五年，伏波将军马援奉旨率军四万前往征剿。因清浪水急滩险，北方兵将不识水性，加上河面瘴雨蛮烟，乌鸦低徊，不敢贸然渡河，只好在壶头山扎下营寨，与驻扎在对岸杨家寨的苗蛮兵将对峙，终因不适南方水土与丛林气候，大量将士染疾病死军中。马援也没逃脱厄运，留下"马革裹尸"的典故。

传说中壶头山顶有一泉池，让人觉得神奇的是，无论你抬头看不看得见月亮，泉池里都会有一轮月亮的倒映，相传是马援的兵马撤走后出现的奇观。我上过壶头山，并没有找到那个泉池。伫立山巅，我的脑海便会出现这样的画面，一轮皓月从远处河面上慢慢升起，月光下将士们面朝北方寻找家乡的位置，而山脚下的清浪滩声如滚雷，浪若云卷，穿行于急滩上的帆船如行云端。

三十里清浪滩一直到白沙溪才算完。

四

> 河涨洲水涨洲不涨，
> 寡妇链肠断魂难断。

明月山的油米坑、清浪滩的乌鸦饭及河涨洲的神仙鸭，是沅水最神秘、流传最广的三个故事。河涨洲也有叫合掌洲或和尚洲的，故事同样也有几个版本，我喜欢且记住的还是水仔变成水鸭子，钻到河涨洲下将洲渚背浮起来的故事。

小的时候，我有过这样的愿望，希望水仔哪天会变回来。知道等待的水仔不会变回来，我对这条河就有了新认识，浪漫的故事在一点点褪色，我也害怕起那长河落日圆的壮丽。

在瓮子洞北岸崖壁上，嵌挂着一根近百米长的粗铁链，说是一个周姓寡妇倡议铸造的。这女子苦命，丈夫及兄弟都是在下瓮子洞急滩漩涡时排散船沉的，尸骨都没有找到。这一带，与这女子同命运的人还很多。于是这周姓寡妇便开始挨家挨户上门游说，她先是找同她一样命运的寡妇，要她们每人出钱铸造一个铁环，这样串起来就是一根铁链了。有了这条铁链，纤夫与船工们就有了攀附的依靠。后来人们为了纪念这位周姓女子及每位出钱铸环的寡妇，将这条铁链取名寡妇链。很多年过去，那串粗铁链仍然还嵌挂在那段悬壁上，倾听脚下的水浪滔天，只是已经锈迹斑斑没人敢去攀爬了。每当坐船经过那段水路，禁不住要对那串铁链投去惊叹又钦佩的目光，那每一个铁环的背后都是一个断肠的故事，环环紧扣的是那些失去丈夫的苦命女子对这条河的守望与祝愿，对于这条汹涌奔腾的大河，她们能做的也许只有这些了吧。

五

> 登楼凭栏望沅江，
> 沅水犹浩荡，
> 凤凰山不见凤凰。

很多网友们都听到了，也在线上询问过，这首歌不是一个韵到底，中间有江阳韵辙在里面：登楼凭栏望沅江 / 沅水犹浩荡 / 凤凰山不见凤凰。本来是：登楼凭栏凤凰山 / 沅水落日圆 / 传说在凤凰不见。河图进录音棚录音时，录了前面的版本，发现时已经录好了，重新录担心不在一个情绪上。

这首歌词的副歌部分，是按河图思路与语境修改的，其中几句是他的原句，只做字词句润色调整，如：巫傩鼓声声渐淡 / 高腔如长叹 / 落日欲燃江流岸 / 古来遗落多少事 / 云下风间都吹散。

时间有时比一条河更神奇，一些原本清晰的东西会在时间的流逝中变模糊，一些从前不经意的东西却又在我们的记忆里轮廓清晰起来，让我们看到时间与生命的本质。记得我看到过一张我还没出生前的湖南省地图，地图上标注的名胜古迹只有岳麓山、衡山及岳阳楼等寥寥几处，整个湘西北只有辰州三塔在上面。那时凤凰与张家界还待在深闺里。辰州三塔中的鹿鸣塔在最下游的鹿鸣山巅，龙吟塔在河涨洲，而凤鸣塔就在凤凰山的一处叫凤鸣的小山上。

传说凤凰山上的梧桐树非常有名，特别是山顶那蔸老梧桐树，枝繁叶茂，横柯蔽日。本地流传着一种说法，说是等这蔸梧桐树长到一百岁那年会有凤凰飞来。在这棵梧桐树下住着一户李姓人家，山下一大户人家的千金，经常上山与李姓人家的儿子玩耍，从小到大。到了懂事年纪，大户人家的千金突然对李姓人家的儿子说，你来娶我吧，这样我就不用天天爬山来看梧桐树，等凤凰飞来了。大户人家知晓后自然非常生气，说什么也不愿将宝贝女儿下嫁一个贫寒人家。碍于面子，便对上门提亲的人说，如果他们家门口的梧桐树哪天真的飞来了凤凰，我们会在同一天将女儿送上门去。

李姓人家知道这是女方家的面子话，知道他们不可能将女儿嫁上山来，但小伙子心没有死，天天给梧桐树浇水施肥料，希望它长得更高更大被远方的凤凰看到。日子一天天过去，突然有一天凤凰真的飞来，歇在了梧桐树上。大户人家假装特别高兴，对小伙子说，你们家的屋场真的是神灵之地，将来一定大富大贵，只不过我家小姐顽劣，还不太懂礼俗，现在嫁过去怕冒犯神灵，待我在家调教一年，等明年凤凰再次飞来，再用八抬大轿抬上山去。其实这个大户人家已经在心里想着鬼主意了，一天夜里，趁着月色派人在梧桐树根上钻了个深洞，将事先用硝泥熬制的汤药灌了下去。

第二年春天，那蔸梧桐没有在期盼中长出嫩绿的叶子，它死了。没过几年，山上的其他梧桐也相继死去，凤凰山再也种不活梧桐树，小伙子没有盼到凤凰的再次飞来。

这是一个传说，有着当地人的某种生活态度与愿景。当真的历史故事在传说的语境下发生，人的情感自然就有了一种神秘色彩和对未知世界的遐想。一九三八年十月的一天，张学良带着夫人于凤至来到了凤凰山。于凤至，凤真的来了。张学良夫妇在此被软禁了十四个月，直到第二年的十二月才离开。于凤至离开后，直接去了美国治病，再也没有回来过。

六

龙兴讲寺谁留客，

一诗题壁千古传，

对饮江中邀月难。

时间留不住每一位执意离去的客人，如这条沅水上的码头，生命里只有等待，永远不能与从它身旁流过的浪花重逢。

当年林则徐途经辰州也就是现在的沅陵时，被眼前的山水陶醉，不忍离去，留下"一县好山留客住，五溪秋水为君清"的千古绝句，成为第一位把心留下来的客人。另有明代王阳明在沅陵的故事。王阳明是个真正的大人物，与孔子、孟子、朱熹并称史学上的"孔、孟、朱、王"。明朝宦官乱政严重，正德元年（1506）冬，有个叫刘瑾的宦官擅政，为了排除异己力量逮捕了南京给事中御史戴铣等二十余人。王阳明看不下去上疏论救触怒了刘瑾，被打了四十板屁股，谪贬至贵州龙场当驿丞。一五〇七年初春，王阳明由江西入湖南，过醴陵，到长沙，他知道真正的流放即将从沅湘之间开始，那里是屈原、贾谊、李白、王昌龄、刘禹锡诸多前贤的漂泊之地。路途中，王阳明还被刘瑾派人追杀，他伪造跳水自尽躲过一劫。正德四年（1509）闰九月，王阳明谪戍三年期满，复官庐陵（今江西吉安）知县。返程途经沅陵时，与因乱世流落他乡从游到此的冀元亨、蒋信及当地进士唐愈贤等众多文人贤达，讲授龙场悟道后的"致良知"心学。其间，王阳明忽闻好友杨名父要来辰州，自己却要赶去庐陵上任不能相见，怅然写下那首如今还凿刻在龙兴讲寺壁间的名篇诗作《辰州虎溪龙兴寺闻杨名父将到留韵壁间》，虽然常年风蚀雨侵，那股怅然离愁却仍在斑驳的字迹间若隐若现：

> 杖藜一过虎溪头，何处僧房问惠休。
> 云起峰间沉阁影，林疏地底见江流。
> 烟花日暖犹含雨，鸥鹭春闲自满洲。
> 好景同游不同赏，篇诗还为故人留。

七

> 柳影横江穿浪过，
> 鱼栖枝头借风眠。

　　沅水下游柳林汊一带风光在这条河上是最出奇的，那长势诱人的柳树与别处不同，成行列岸，就算万千人千百日栽培也不会有这般景象。柳林汊这地名应是这个出处。一九三四年一月十三日清晨，沈从文从桃源码头租一条小船逆流上来，当晚泊郑家河，第二天宿兴隆街，过夷望溪，约下午两三点钟时分经过柳林汊。短短三十里水路走了三天，而真正的急险恶滩才刚刚开始，到达凤凰县城怕要十天以上了。尽管他一路上都在给妻子写信，或是用彩色蜡笔画见过的不能用文字描绘的景色，仍有大把大把的时间无处安放。还真是有些钦羡那时的人，有充裕的闲暇想一些人与事，享受与生存困境或精神无关的一点儿忧伤，这忧伤极易成为绝好的文字。

"这时船已到了柳林汊，多美丽！地方出金子，冬天也有人在水中淘金子！我生平还是第一次看到这样好看地方的。气派大方而又秀丽，真是个怪地方。千家积雪，高山皆作紫色。疏林绵延三四里，林中皆是人家的白屋顶。我船便在这种景致中，快快的在水面上跑。我为了看山看水，也忘掉了手冷身上冷了。什么唐人宋人画都赶不上。看一年也不会讨厌。"（沈从文《过柳林汊》）

季节已是深冬，下着细雪，船上的河风想想便知道有多刺骨，却仍然不能阻挡沈从文先生因不满于从逼仄舷窗看到的那孔景色，一次次走到船板上去。让他惊叹这河上生活的人的智慧与兴致，缓缓驶过的小木筏棚顶上，铺一层黑色泥土，种着翠绿的蔬菜。这着实让人稀奇。

记得三十年前，我便随一个朋友去兴隆街办事坐船游历过这段段河流。那个朋友的姐姐嫁到兴隆街，他说，我们这里虽属沅陵，却与桃源更亲近些。我们驾驶着一只木制捕鱼船，船的尾舱加装了一台小马力柴油机。动力装置很简陋，传动与舵向全是手工自制，没有消音功能，声音很大，船身震颤厉害，要大声说话才能让对方听到。没法交流，干脆不说话，静静看从船边移过的风景。那时我才二十岁，对人文历史没有多大兴致，只是觉得这景色好看得出奇。楚人屈原的《楚辞》和沈从文先生的《湘行散记》，我还未曾读过，就是读到了也不会有太大作用，人文与人性的魅力还没有在我年轻的生命里种下感受它们的经验。

这柳林汊素有"小桂林"之称，初听觉得有假势趋炎之嫌，若亲眼见了，你会觉得这山水韵致还要胜过桂林的。柳林汊集镇在河南岸，这在沅水流域比较少见。按河道规律是南陡北缓，这里却倒了过来。这里独到的美，显然是大自然的创意，一切天成地造。河水流过思忆滩突然缓下来，河面也变宽大了，去瓮子洞急滩还有段距离，也给这条河水一些时间去欣赏岸边的景色。高大标致的河柳倒映在清澈透亮的江面上，随着太阳西沉，映在水中的柳枝慢慢向着对岸伸展，偶尔江风吹来，柳枝随着波浪起伏，美妙极了。明明见是从柳林中飞过的白鸟，却是在水中看得仔细，如一尾顽皮的鱼儿游过，而水中的鱼儿又像极一只鸟栖在了某处柳枝上，借着清爽的风儿闭目养神。"柳影横江穿浪过，鱼栖枝头借风眠"描写的便是这个如梦似幻的湖光山色。

八

二酉书简写春秋，
江岸芷草水边蓝。
顺母桥人老桥未老，
明月山月圆梦难圆。

　　在秦始皇焚书坑儒的背景下，相传有个叫伏胜的人，将私藏的诸子百家书简偷偷运到此处藏匿起来，躲过了浩劫。伏胜为何会将藏书地点选择这里，他又怎么知道这个地方有藏书的外部环境与人文条件？我想，这一定与战国楚人屈原有关。早在伏胜到来之前七十三年，屈原被再次逐出郢都，流放沅水五溪一带长达八年之久。流放其间，屈原以沅水五溪流域的山水人文为背景创作出了《九歌》。屈原在《九歌·湘夫人》中写到"沅有芷兮澧有兰"，说的就是沅水的芷草与澧水的兰花相当有名，歌词"江岸芷草水边蓝"就是这个出处。

　　一九八九年，我在麻伊汰镇开发廊生活过半年。当时五强溪电站正破土动工，大量人流涌入，曾经水墨画般的河边小镇开始变得不平静。我的处女作《怀恋》就是这个时期，在这个小镇上写成的，作品中写到的小巷与情感真实存在。

河流在这里转了一个大弯，将镇子撂下向正东方向奔去。站在河沿码头，明月山在河水流去的前方，像面巨大的照壁挡在那里。如此斧削般的绝壁，在沅水这条河上还是第一次见到。这照壁让麻伊洑这个古朴镇子更有了山水天成的韵致。登明月山要从背后那座山开始，有一条很长的石阶，爬到山腰才知道这山是分开的，一座石拱桥连着深到谷底的罅缝。

这里流传着一个寡妇爱上和尚的凄美爱情故事，沈从文先生在散文《沅陵的人》中也说起过这个故事，不过他叙述的故事没有传说中的下半截，要柔软温情蛮多，这也许与他当时记录这个故事时的心情有很大关系。他一路上都在不停地给他的新婚妻子张兆和写信，有些宝玉哥哥的语境风格。那些文字除去思念之情，便是一路上夸见着的美景。在这种心境下，他记录这故事自然会做些取舍，完全说得过去。

九

巫傩鼓声声渐淡，

高腔如长叹，

落日欲燃江流岸，

古来遗落多少事；

云下风间都吹散，

号子穿浪越重山。

落洞、赶尸、辰州符称为"湘西三绝"。巫傩是学术界名称，其实巫是巫、傩是傩，巫是道家法术，傩指古代的一种驱疫逐鬼仪式，是原始巫舞之一。这里说的辰州符便是巫术中的一种。傩戏从祭祀仪式与傩舞衍变而来，旨在酬神还愿，最大艺术特点是按角色戴彩绘的各类鬼怪面具，内容多与鬼神有关。因傩戏本身具有巫的属性，在表演时会穿插一些巫术展示，想来巫傩一词应该是这个出处。

　　楚人屈原虽深受当地文化浸染，而他笔下的山鬼神灵却极富浪漫色彩，多情又敏感，全然没有传说中那般瘆人与恐怖。

　　　若有人兮山之阿，被薜荔兮带女萝。
　　　既含睇兮又宜笑，子慕予兮善窈窕。
　　　…………
　　　杳冥冥兮羌昼晦，东风飘兮神灵雨。
　　　留灵修兮憺忘归，岁既晏兮孰华予？

　　这是屈原在《九歌·山鬼》中描写山鬼的句子。全诗渲染着山鬼在山中与心上人幽会，以及再次等待心上人，而心上人未来的情绪，把山鬼起伏不定的感情变化、千回百折的内心世界，刻画得非常细致、真实而动人。这哪是在写山鬼，明明就是在写人。而《九歌·云中君》中的云中君是云中之神，在神话中云神又名屏翳。这首诗无论人的唱词、神的唱词，都从不同角度表现出云神的特征，表现出人对云神的企盼、思念与神对人礼敬的报答。

　　屈原笔下的人鬼神已经没有了界限，这是楚人在这条河生活生存的哲学与智慧，先人们对未知世界和不可预测的灾难充满着乐观的人生哲学，又杂糅神性和魔性，传说与神话，无不古艳动人。与这条河流经楚地和多民族五溪流域，和民族的特殊性大有关系。历史上"楚"人的幻想情绪，必然孕育在这种环境中，成为浩浩沅水最绚丽的文化。

沅水古时称辰河，沅陵称辰州，辰州傩戏发源地在沅水下游五强溪后山一个叫七甲坪的乡镇，是国家第一批非物质文化保护项目。十几年前，我与同事专程去做过收集采访，写过一个《傩戏人家》专题片解说词，片尾有这么一段话：

演出终于在台下期待的目光中开始了……

天出奇的冷，什么时候飘起了细细的雪，今冬的第一场雪来得有些轻描淡写。细细的雪花在空中飞舞了一阵就不见了。看来这场大雪是要留到夜里去下了，第二天起来，整个乡村将会被厚厚的积雪覆盖。

台上的戏唱得热火朝天，也就不知道这天到底有多冷。台下看戏的人倒是有些冷了，把火炉挑旺了，将孙子抱得更紧了。但谁也不愿意离去。一腔一板，一招一式，几千年来就这么唱着跳着，谁也不曾疲倦过。就像脚下这片古老的土地，年年翻种，年年都有新的粮食长出来，养育着生活在这片黑土地上的人们。

现在大叉坪村越来越多的村民开始知道有许多的人喜欢上了傩戏，这似乎与那开怀肆意的笑声没有多少内在的联系，因为几千年来，这些被山风吹得釉亮而憨实的脸谱一直都是这么笑着的，未曾间断过。

但也有一种担心，这笑容还会延续多久，会不会在未来的哪一天消失。等到他们怀中的婴儿长到他们这个岁数，会不会坐在他们爷爷奶奶曾坐过的凳子上看戏，同样响起那一声声开怀的大笑。不论怎样，日子还是会照样一天一天地延续下去……

随着时代发展文明的进步"巫傩鼓声声渐淡"，这种古老戏种在慢慢褪去它原有的神秘色彩。

歌词中的"高腔"指的是辰河高腔，同样是国家级非物质文化遗产。辰河高腔的曲牌声调源于弋阳腔，经过长期和湘西语言、民间音乐相糅合，从围鼓到低台再到高台，经过长期的经验积累逐渐衍变而成，表达喜、怒、哀、乐等各种不同的思想感情。其特点是"向无曲谱，只沿土俗，借用乡语，改调歌之"，在演唱中有很大的灵活性，富有浓厚的地方特色。声音高亢、嘹亮，风格粗犷、豪放，音域宽，可在高、中、低音区回旋，粗犷时响彻云霄，柔和时细若游丝。

如果说傩戏是这条河对生命原始形态的追索与解释，而高腔像极了一条大河的咏叹调，而行船放排时咏唱的沅水号子，才是这条河最率真的性情表达。沅水号子是沅水流域男人们在放排冲滩时高唱的一种劳动歌谣，声音高亢粗犷、绵远嘹亮、极具穿透力和感染力，它穿过累累白浪，翻越层层群山，千百年就这样一直回荡在汤汤沅水之上。

最后，让心静下来，倾听一条大河从历史的风雨中流来，感受《沅水号子》粗犷而苍凉的旋律吧。

喊风：

哟嚯——

大风不来小风来，要来快点来啊。

小风低头，大风弯腰，公公媳妇把火烧。

公公抱头，媳妇箍腰，

两把铜锁，一根暗梢。

公公往下压，媳妇往上撬。

公公问媳妇怎么样啊，

媳妇讲，好味道好味道。

哟嚯，风来了风来了……

号子：

喊起号子搬起招（桨的一种），一声低来一声高。

杉木橹铁箍腰，任你搬来任你撬。

撑篙好比猴上树，拉纤如同虾弓腰。

纤索拉断接匹篾，草鞋磨破藤来绕。

飙滩就像龙显圣，个个都是浪里蛟。

大浪打来摆摆头，摔个跟头辗个抛。

衣裹头裤包腰，酒瓶挂在屁股梢，

号子一喊浪低头，打个尿颤山也摇。

　　七月的沅水，安静得如遗落在崇山峻岭间的绸缎，又蓝又大又长。如果要用男人与女人来比喻这条河，清浪滩便是刚刚从森林里走出来身上裹着树皮，只有食物与性这些最原始需求的男人。从五强溪柳林汊至桃源境内的夷望溪这一截河段，算作是深闺里的大家闺秀，那里的每个山头，每个岸壁，甚至每个石头都生长得让人惊叹，你根本不曾想到它们会长成眼前的样子，却又是恰到好处，大一点不行，高一点不妥，左一点太挤，右一点又有点太空旷。

　　五强溪电站的建成蓄水，清浪滩不见了，这条河最桀骜的青壮生命突然变宽旷变安静，深邃得不让人读懂它了。我们不能说造物主上帝，就说神仙张果老吧，他应该想到后人因对文明的渴望会伤害到他的工程，所以他在醉酒后一脚深一脚浅挖凿这条河时早先作了规划，有意留下属于女性最柔软秀丽的那一截河流。其实到夷望溪处，因下游凌津滩二级电站的蓄水，沅水已开始平缓下来。唯有柳林汊一带，仍保留着最原始，也是最美的记忆。

　　摊开手掌，纷乱的掌纹像极一条隐蔽在群山深涧里树根一般生长的河流，你只要愿意伸出你温暖的手掌，握住我，虽然我不能将一条河改道或分出一条支流流经你的故乡，至少可以让你在夜深人静时，倾听到这条河最初最美妙的童谣。每当我闭上眼睛，这条大河就会以一棵树的形状出现，看见一棵大树，就会听到一条河的声音：

　　一条河的高度 / 是那枚系着阳光的树叶 / 海拔。年轮 / 那一派泱泱浩荡 / 来自枝繁叶茂 / 漫过田野是一顷万里的麦苗 / 绕过高山，才有了 / 临水而生的烟青竹绿

　　根是一条河最深的位置 / 往前是湖海 / 后退是村庄 / 那段距离充满诱惑 / 河的流向有树的思想 / 而我的诗歌地理 / 依赖一棵树的形状

　　当一棵树，成为 / 一条河最响亮的名字 / 码头，或者鸟巢 / 都会让人无比怀恋 / 如果一条河死去 / 会有树状的形骸 / 引领我回到故乡。

万水的麦田

写下这个标题，也许有人会问，万水是谁，值得我写这么一大篇文字。其实，万水到底是谁，这并不重要，重要是我们的生存空间、文化及生命境遇留给我们的思考。一个将写作视为一种生活方式的人，文字自然更具自我，更加真实、质感。沿着这些文字走，我想，就在你前行的路上，你会看到一个孤独的背影。这个背影会让你觉得你一路并不孤单。这就够了。

离家一些时日，从车站里走出，脚下总像踩在一块悬浮的木板上，陌生又惶恐。特别是从乡下回城，这种感受最强烈。我似乎永远无法真正走进这座城市，少年落寞时，那些孤独而迷乱的脚印，在坚硬的水泥街道上留下太深的印记。这些印记穿梭编织成一张无形的网，让我找不到回家的路。多年来，我一直在寻找我赖以生存与快乐的理由。寻找本身就是一种孤独历程，我在这只有起点、没有终点的寻找中慢慢懂得一些道理。我的麦田在乡村的田野，淹埋在记忆深处的那场大雪中。

"上帝创造了诗人 / 也创造了麦子 / 麦田养活了诗人 / 而诗人知道 / 他的麦田在天堂……"

　　这是万水兄《想起海子》里的句子，我喜欢是因为我们都未放弃过对麦田的寻找。我的麦田在乡村，他的麦田却在这座喧哗城市上空，在上帝的辖区。所以，他的寻找带着皈依的悲壮。

　　先从那场纷纷扬扬的大雪说起，我与万水兄不期相遇。虽然他年长我几岁，可我们的相遇与时间似乎没有多大关系。关乎一种背景，在这个背景前，一切生命个体都像古老皮影戏中的影像，晃忽闪现。没有预约，也没有准备。就像我遇见凡·高，万水兄邂逅海子。

　　一九六八年，那场铺天盖地的大雪，盖住了乡村的麦田，却不能盖住我嘹亮的啼哭。我的哭声嘹亮而极具穿透力，在那个寒冷的冬天横冲直撞，穿越麦田厚厚的积雪，栖落在瘦弱的麦芽上。

　　"在有雪的生日里，我都会给妈妈打一个电话，因为我是从她的怀里走出来的，至于我要到哪里去，我真的不知道。没有妈妈的人注定是游子。命运的邮差，每天都在传递着许多无奈。但我希望我想妈妈的时候，妈妈永远会在电话的那一头。"当读到万水兄有关雪的这些文字，我的眼里不禁潮湿。既然我们都不知道要到哪里去，我想，那瘦弱的麦芽上可否承受我们游弋而疲惫的灵魂。

　　麦子是一种很奇特的农作物，秋播春收，冬种夏熟，完全倒了过来。在大地完全沉静下来，在一切植物凋零枯萎，它却在悄悄地育孕生命。那场如期而至的大雪，成了它抵御风寒的棉衣。

　　母亲说，雪落得越大，来年的麦子就长得越好。直到今天，我也是想不明白这个道理。我想，万水兄同样也想过这个问题。从他的文字里，我似乎感觉他已找到一些答案。一株冬小麦，在漫长的冬季有足够的时间去思考。

他的思考是孤独的，孤独让他的思考变得深邃。

认识万水兄，掐指算来已近二十个年头。那时，我生活在社会底层，在街旁开一个小小的发廊，取名"格子"。就发廊的名字就有充足的理由，将万水兄招诱进来。一个理发师不好好钻研发型，却一心爬格子。这种常人眼里趋于异形的行为，让他产生了诱惑力。他从长沙伸向北京的铁轨上爬起身，拍了拍身上的锈屑，走进了我的发廊。我说，如果火车真的开过来，你会用什么方式撤下来。"俯下身的那一刻就听到了铁轨辗过身体的声音。"他说。在后来的交往中，我越来越相信这句话的真实性。

万水兄老家在金戈铁马的北方平原，河南辉县，他父辈生长的村子与台湾作家柏杨毗邻。当年，他追随南下大军的父亲没有抵达回雁峰，在雪峰山折翅下来，巢居在沅水边一个古老的小城——沅陵。他虽在沅陵长大，可血管里仍流淌着那只南飞大雁的血液。他的意识深处有一种候鸟情结，这种情结在多雨的南方变得越来越潮湿。

所以，他的孤独是潮湿的。潮湿的土壤会让孤独疯长。

"和所有的人一样，我的童年也是快乐而无忧的。不知道什么是忧愁、孤独甚至恐惧。"万水兄告诉我。然而"在某一个晚上，这一切发生了改变。"童年是人一生最快乐的时光，每一个人都会记得改变这一切的那件事，或某个晦暗的夜晚，对童年的追忆全搁浅在这里，长成一棵树，结满永远都不会成熟的青果，让我们在等待与怀念中老去。

万水兄的童年就这样被屋顶那只凄厉嚎叫的猫，拖进了无尽的长夜。

于是他的孤独开始了，"记忆中那些美丽的童话荡然无存，取而代之的是不时袭来的孤独和因为想不透天幕后的答案而滋生的恐惧。

很多年后，这种仰望星空的孤独感一直很真实地噬咬着我每一个独处的时刻。"他此时能做的便只有回忆，寻找那份飘忽的温暖。"小时候，我喂过两只鸽子，白色的。我很喜欢它们飞翔的样子。一天，它们飞出去后便再没有回来。可我一点儿也不伤感。因为翅膀本来就是为了飞翔而存在的。我只是有些孤独，很想知道它们去了哪里。并且在很长一段时间里，我一直在想这个问题。我想如果我会飞，我会去哪里呢？"

"一个孩子的忧郁就像一只蜻蜓忽来忽去，不会对整个夏天产生什么影响。但那只蜻蜓却有可能深刻地影响这个孩子的生存方式。"这个时代有太多让人眼花缭乱的东西，没有人去留意一个孩子的情感与心路历程。他会长成一棵什么样的树，不会对整个森林产生影响，就像那只蜻蜓与夏天的关系。长工资、晋升、恋爱、结婚、网络、婚外情……人们有太多不去关注的理由。万水兄也不例外，他是凡人，当然有理由加入到这个庞大的人群。不幸的是，他的肉体虽然挤攘在人群中，心却一直游离在外，在那个夏天里关注一个孩子的忧郁。

万水兄的孤独像一只半透明的玻璃瓶，里面灌满了人类的眼泪。

我们读他的文字，便可以领略到孤独应是有力量的。

如果认真读完他的文章，你会发现他的孤独是一种大孤独、人类的孤独、文化的孤独。当一个时代，文化作为一种装饰镶嵌在袖口袂角，或是屏风大堂，那么，这个时代还拿什么承载一个民族的梦想。度量一个民族的文明程度不是高楼大厦，而是文化。历史的风雨会腐蚀掉巴勒贝克，却风蚀不了太阳神朱庇特，也淋不湿爱神维纳斯；大浪淘沙，可以冲逝掉苏轼的血肉之躯，却不能淹没《赤壁怀古》那绝世的高吟。

在《芸庐之痛》里，面对沈从文先生故居被拆除，万水兄很痛心，"在权力、世俗、功利和无知面前，芸庐是没有价值的，文化也是脆弱的，无力而苍白的。其实没必要去指责那些拆除芸庐的人，芸庐不是毁于他们的手中，而是毁于我们对文化、对人类精神家园的冷漠与麻木。这也正是所有文化灾难的先兆与基础。"

文化的孤独变得越来越沉重，不是文化本身，而是人们的冷漠。他说，"沈先生是宽容的，或许他原谅了这个世界上所有不对与不公，然后他的达观却没有引起人们足够的反思。沈先生可以忘记个人的恩怨，但在经历劫难之后，我们是否意识到我们不能忘记的太多太多。"

有一段时间，出现过一段沈从文热。我就不明白，这么沉重的话题怎么就冠上了这么个时髦的字眼，我不得不感叹那些新闻工作者的才华。这一点，我与万水兄的感受是一样的，"当时崇拜沈先生颇有点盲从的味道。肤浅的人生体验，用政治诠释文学的思维模式，使我们无法真正走进沈先生的心灵世界，无法深刻地体会其作品看似普通的故事和平淡的语言，清新的意境背后深沉蕴含的关于生命的悲剧意识。"

与万水兄一样，我是从不读沈先生那本《中国古代服饰研究》的。

所以，万水兄的孤独不是长在麦田，应是长在一种智慧与忧患里。

不知为什么，读万水兄的文章，我会不自觉地想到浏阳的谭嗣同。万水兄成不了谭嗣同，这不光是一个生在乱世，一个长在歌舞升平的今天。万水兄长不成一棵风景树，就算我听到了那声铁轨轧过胸膛的声音。他最多只能用他的孤独去温暖从冬天赶来的路人，再就是用他的纯粹让那些承载文化使命的人变得更执着、更纯粹。

尽管万水兄常跟我说起淡定、从容。我想就他目前的状态是成不了那种大师的，不然就不会有那么多的孤独。一个至大无外的大师是没有孤独的，李叔同他们的境界永远只能出现在我们天真的想象里。就像万水这个名字，也只是他的一种愿景。他抵达不了老子"居善地、心善渊"、"上善若水"中的水的境界。光具备一代高僧的某些潜质，是远远不够的。

人类坚强而脆弱，常需要找一棵树来挂负他们沉重的叹息。每个人的灵魂就像一只鸟，累了得寻找一枚枝头栖息。幸好，当我们仰望天空，会有几颗明亮的星宿，在无垠的银河闪着耀眼而孤独的光芒；我们不断前行的路上，总有几棵高大的树，孤独地傲然站立在广袤的旷野，当我们累了的时候，随手将我们的负累找个枝头挂载。

万水兄不是诗人，却比任何一个诗人更纯粹；他不是作家，却有着一个作家的社会良知与道德。我无从将他定位在哪个群体，也许他什么也不是，只是一个纯粹的人，纯粹得让所有人都能变得更纯粹。有人说，万水不当教师，那是教育的遗憾；也有人说，如果他当了教师，那便是更大的遗憾。因为，我们的眼里将会少了许多美丽的文字。

我想到了肖霍洛夫笔下的格里高力，只为保卫家园而战，谁侵略他的家园，他就将枪口对准谁。就算明知你是在利用他的部队，不是真心帮忙，他也会跟你站在一起，赶走眼前的敌人。格里高力是捍卫家园的英雄，他狭隘的英雄主义，却让完全不同文化背景与价值观的不同民族读者感动，这是一个让人深思的问题。当格里高力筋疲力尽回到顿河的对岸，望着家园深情地掬起一捧泥土，夜幕下，那个孤独的背影永远定格在我的脑海里。

万水兄是文化的斗士，一个内心孤独的斗士，有时不免狭隘、盲从及片面属性。秘鲁作家巴尔加斯·略萨在《给青年作家的一封信》中说到，"无论对生活提出何种质疑都是不重要的，重要的是，对现实生活的拒绝和批评应该坚决、彻底和深入，永远保持这样的行动热情。"万水兄缺失的恰恰就是这种行动热情的永远保持。所以，他的叙述姿态是迷恋式的，这在很大程度上源于一种自恋倾向。他的文字有时会出现反复重叠的意象。他在用这些重叠的意象构筑他的愿景。其实，正因为这样，他才变得如此真实，用他的天真、稚拙以及纯粹感动着读者，体验他那份孤独的力量。站在一座高楼，未必就能看到整个城市的脉络。但我相信，这座城市总会有几扇窗在深夜里亮着灯，有几颗灵魂醒着。

最后，让我们还是回到那丘麦田里来。经过一个漫长的冬天，麦子葱茏地生长。

这一切都应证了母亲的那句话。

"那一天，平生不怎么修边幅的我，会刻意地修饰一下自己的形象，努力的让孩子们觉得我还很年轻。我用毕生习就的知识、经验和智慧给他们上最后一堂课，也是最精彩的一堂课……终于，下课铃声响了，我对孩子们说，'谢谢你们，你们太优秀了。我想，我真的该退休了。'"

"一想到这些，我心里便充满温馨的快乐！"

在《一种生存方式》里，我看到万水兄终于豁达开来。
"他要去找一幢房子／麦田般温暖，像母亲的胸膛。"我希望万水兄能够找到。

以界为溪

　　界溪没有溪，是个村名，与湘西武溪镇接壤。汉苗两地习俗差异大，劳作交流少，天长日久有了界痕，雨后从山上汇集起来的水流，循痕将界成了如今以溪为界的景象。其实，将它说成以界为溪似乎更准确一些。入春后，到初夏这段时节，才见一线哗哗水流绕着村子走，大多时间还是起着两地界线的作用。乡村地名常有叫坪的不见坪，叫湖的不见水，如邻村黄沙溪，不见沙也不见溪，只是一处能听见风声的山坳。

　　新屋婆的家在界溪西北角一处山岭半坡上，单家独户。房子虽上了年岁，看上去有些破旧，却依然能看出主人在修建它时的细密用心。新屋婆本来不是我的扶贫对象，年前单位有个职工辞职，将任务分摊下来追加给我的。同事说，新屋婆人蛮和善，不乱说话，不会给你增添太多麻烦。不过有件事你得帮我完成，我答应了新屋婆给她带一只猫去。两次家访都没有遇见新屋婆，远远见门上落着一把锁。这次一定要找到新屋婆，担心抽检时被抽到问责，再说，接连两次没有见到扶贫对象，心里也过不去。除此外，还有一个更重要的原因，我不能将手中的这只黑猫又抱回去。

走过两丘长满杂草的田埂，翻越一处开遍过路黄野花的矮山岭，眼前整个村子的轮廓一目了然，十几间青瓦木屋，高低无序错落在坡岭坪坳里，房前屋后的果树开着白色与粉色的花，一只老黄狗朝着我的方向吠叫。此时，一个年长背驼得厉害的老人从田角处探出身，沿着被杂草覆盖的田埂朝这边走来。老人说，你去那条溪边看看没准能见到新屋婆。

顺着老人手臂指引的方位，我返回到新屋婆的家，然后沿房子西面的山坡慢慢向那条溪沟走去。新屋婆的家离溪沟距离不远，估摸也就两百来步。走下山坡，我站在溪沟旁一块长满小蓬草的平地四处搜寻。驼背老人说过，新屋婆耳朵背，难得喊答应，找她要用眼睛看。一只浑身白多蓝少的鸟，从溪沟树丛里蹿出，先是吓了我一跳，四周太静了，一点声响都是惊雷。等心平静下来，再看那只飞过头顶的鸟真的好漂亮，以前未曾见过。小鸟并不飞远，转一圈又回来。我踏着软软草丛向小鸟蹿出的溪边走去，想象着可以发现小鸟的窝。这是小鸟的习性，在它流连滞留的地方必是它要保护的家园。

我没有找到小鸟的窝，却透过树枝空隙发现了新屋婆隐约的背影。老人正安详地坐在一座旧坟前，口中念念不停地诉说着什么。我没有立即前去招呼，想听听她到底在说些什么。界溪一带村民说的是一种挖乡土语，外乡人无法听懂，他们在与外界交流时才说客家话。循着语声节律，我努力地辨别着那些叽叽哇哇音节背后代表的汉字，凭着自己的想象与理解猜测着老人自言自语的内容。猜着猜着，我的心就有些隐隐伤感起来。

新屋婆接过小猫开心得不得了，夸我同事把她的话真放在了心上。她一边说一边去小溪里翻小螃蟹给小猫吃。担心她在长满青苔的岩石上滑倒摔伤，我一个劲地劝她不要去，说小猫肚子是饱的，吃不下。新屋婆说，你还年轻不懂的。

新屋婆以前叫新屋婶或新屋伯娘，伴随年岁增长变着称谓。新屋婆是黄沙溪人，看上界溪的木匠学徒李见林，家里是一万个不同意。李见林半间安身躲雨的房子都没有，寄居在靠着村里仓库搭建的一间偏房里。父母去世后，李见林跟着师傅走村窜户，过起了吃百家饭的日子。新屋婆见李见林人好，又有一门手艺在身，同心协力日子不会过得比别人差。娘家知道女儿的性格，没有再反对下去，但也没有陪嫁妆，当着人说气话，女儿本来就是泼出去的一瓢水。

婚后第二年，他们就生了个大胖儿子。儿子满六岁那年，新屋婆终于有了一栋自己漂亮的房子，是丈夫李见林亲手绘图建造的，与村里房子结构不一样，特别惹眼。从村里孩子们嘴上的林婶到新屋婶再到新屋伯娘，印证着这房子当时在村子里的别致风光。让人遗憾的是，新屋婆没有福气同时拥有房子与丈夫，李见林在一次屋漏检修时不小心掉下来，留下孤儿寡母先走了。

丈夫走了，房子成了新屋婆的念想，她每天都将房前屋后打扫得很干净，虽百倍爱护，终抵不过近五十年风雨侵蚀，一些房檩椽子与脚柱横梁已有明显腐烂迹象。同事离岗做交接时告诉我，贫困人口住房评审定级，只将新屋婆的房子定到 B 级，不在易地搬迁与集中安置范围内，只能做局部维修。村里的维修方案刚拿出就遭到新屋婆反对，怎么劝也不准谁乱动她的房子，说活一天就要守它一天，还说每根檩椽上都有丈夫的气息，能闻得到。执拗不过，村里只好将房子暂做加固处理，先将市里的巡检糊过去，新屋婆的思想工作日后慢慢做。

新屋婆的儿子没有正常人精灵活泛，在县城租一间房打零工，以一家铝合金门窗店为主，这家没活了就去别的门店找事做，这样零零碎碎过着不紧不慢的日子。新屋婆几年没看到儿媳妇了，逢年过节，问儿子媳妇怎么不与你一道回来，儿子低头不作声，心里似乎明白了村里那些你家儿媳妇跟人跑了的传言。去年，孙子到了发蒙上学年纪，村里小学早些年撤并到乡政府九校去了，没办法，只好跟着父亲去了城里读书。有个活蹦乱跳的孙子在身边，新屋婆的日子过得还充实，夜没有那么长。孙子一走，她的心突然就空了，见人也不太爱说话，走着走着会不自觉走下屋西头那个缓缓斜坡，小心渡过小溪，坐在丈夫坟前说话去了。

小溪先前有一座木桥，后来出村主路改道，在下游修造了一座水泥石桥。改道后木桥走的人少，慢慢长起了杂草，桥梁开始腐烂，一场大雨后整个木桥便不见了踪影。按照政策要求，每个贫困户都有一个签约医生。新屋婆的签约医生小吴，是刚来乡卫生院工作不久的大学生。小吴私下跟我说，这个新屋婆最怕死了，每次上门巡诊，她都要向我多要药品。虽然我家访的次数不多，凭着经验，新屋婆似乎并不像是小吴说的那样。新屋婆心脏不好，发作过好几次了，幸好被人发现得早。在接下来的工作中，我们慢慢捋出了一个规律，新屋婆只是在春天与初夏这段时间问小吴多要药品，其他时间根本不在意小吴上不上门来。

"这个春天怎这么长啊，该死的雨落得像扯不断的麻线，我可不能死在这个该死的春天啊。"新屋婆坐在门槛上，头朝着远处那座雨幕中的山梁，突然自言自语起来。我先是一惊，不知新屋婆怎么会突然冒出这么一句没头没脑的话。在进村路上，天还是好好的，突然间就下起了雨，山里的天气真是下雨隔田埂呢。动不得身，我们只好躲在新屋婆家里等着雨停。

"新屋婆啊，您的身体还棒得很呢，可以活一百岁！"我故意放大了声音，想把她从不愉快的心情里唤回来。小吴偷偷瞟了我一眼，好像在说，这会儿你该信了吧。后来，当我知道新屋婆并不是怕死，只是不想死在春天里的真正原因后，心情一下子沉重起来。我把这个发现告诉了小吴，小吴久久没有作声。

新屋婆并不怕死，天天盼着早点死呢，她太想她的丈夫了，她想快点去陪他，只是现在的木桥断了，村里的青壮年都不在家，她担心自己死后后人不把她送过小溪去，就地在小溪这边选个地方埋了，那样就永远生不能相伴，死也不能相守了。秋后就不一样了，没有桥也不要紧，反正溪里没有水，怎么都过得去。

争取扶贫专项资金不现实，下游已经有了一座新修的桥，只能自己想办法。我找到村主任，咨询重修这座木桥需要多少钱。村主任说，还修它干嘛，下面那座桥好得很，现在村里都改道走那边了。我说，这个你不用管，你只需告诉我修成这座木桥需要好多钱。村主任不解地看着我，见我不像是在开玩笑，"这个花不了几个钱，架桥得用板栗树才经腐，这种树山上到处都有，砍下来就成，难处是村里没人，缺劳力。"

"把劳力折成钱，算算是多少？"

"五个人两天时间能架好，两千块应该差不多。"

"那就这么定，钱我出，人你负责找。"这比我预想的要少很多，当即一口答应下来。小吴听后，给我微信转过来五百元，"以前是我不对，我也要送新屋婆去见她的丈夫一程。"

市检结束，界溪村的扶贫工作受到表彰，后盾单位与帮扶责任人都松了一口气。按县里文件精神，市检合格单位可以择期休年假，刚好中国作协在杭州创作之家有个活动，我便申请了年休前往杭州报到。

木桥修好后，村主任用手机拍了一张照片发给我，在那张拍得有些模糊的照片里，我看到了新屋婆佝偻飘忽的背影，不知是村主任有意选择的角度，还是新屋婆无意间闯入了镜头。

一场罕见的大雪把冬天缩短了，今年的春天似乎比往年都要来得早，清明刚过，山上的各种树木叶子都长齐了，亮亮的阳光下，几天功夫，鹅黄的嫩叶转眼成了翠绿。新屋婆熬过大雪，等过花开，却没有走过她最害怕的春天。

新屋婆死了。

界溪是个自然村组，通村公路只到黄沙溪，然后就绕到别的地方去了。我只有一户贫困帮扶对象在界溪，新屋婆死后，我就再没有去过界溪了。

连续几天暴雨，319国道多处出现塌方封路了，我只好绕道翻越军亭界自然保护区，去湘西参加一个朋友的新书发布会。越野车摇摇晃晃开到黄沙溪，远远看见有车停在公路中间，几个人在路旁抽烟攀谈。打听才知道前面出了事故，一蔸大树被风吹倒张牙舞爪横在路面上，村委会正在组织村民抢修，没两个小时通不了车。我选择一处地基扎实的路坎将车靠边停好，向界溪方向走去。我想去看看那座小木桥。离开公路，翻过一个长着三棵松柏树的小山垭，再走不到十分钟山路界溪就到了。

新屋婆的房子孤零零躲藏在越来越葱茏的树丛里，因为单家独户，更容易让人忽略它就是大山的一部分。大门落着锁，门前用石板无规则拼铺起来的晒谷坪，一些生命力倔强的杂草，顺着石板接缝罅隙挤身出来，几株瘦高的窃衣草显得有些突兀，小小的黄得有些刺眼的毛茛花，似散漫的蜜蜂停在风中。远山传来杜鹃"米贵阳"的叫声，似乎在提醒新屋婆该种玉米了。新屋婆不用种玉米了，但我想米贵阳还是会每年到这个时候准时来提醒。我找来一把长柄扫帚，将房前屋后打扫了一遍。这是我以前特别反对的事情，不赞成帮扶人帮助贫困户打扫卫生。

我取下钉挂在壁板上的扶贫资料箱，找出那本红色的走访登记手册，在上面最后一栏写道：

二〇一九年四月十二日，这是一次没有贫困户签字画押确认的走访。

清理资料箱时，在箱底发现了几包用塑料袋包裹起来的药丸，猜想是新屋婆自从那座小木桥修好后，就再也没有吃小吴给她的那些药丸了。做完这一切，我在门前的挡水岩上坐了下来，点着一根香烟。新屋婆走了，这个房子不知还能坚持多久，很多年后，人们就会忘了这里曾经有过一栋漂亮的房子，一个害怕春天的新屋婆。两只老鼠走三步退二步地向着我迂回，对我这位不速之客充满警惕与敌意。这时，我突然想起了那只小黑猫，一边找一边喵喵地喊叫，始终没有发现它的影子或听到半声叫唤。小黑猫不见了，我不知道它去了哪里，但我知道新屋婆去了哪里。沿着屋西面那个缓缓斜坡，我朝着那条有哗哗水声的小溪走去。我不敢回头，眼泪突然间溢满眼眶。

站在小木桥一端，我用手机拍了一张涨水后的小桥照片。照片没有想象中小桥流水的意境，恍惚中却见一个背影慢慢远去。

我没有走过那座小木桥，新屋婆已不需要帮扶人了，她现在很幸福，不要去打扰。

老齐的茶园

老家房子东北角，翻过一个不高长着两个柏树的山垭，脚尖拣着半露水面的石块或赤脚蹚过一条像根绳子绕在山脚的小溪，再斜挂着山坡走三十来分钟，到了一处较平缓的垭岭，站在垭口，山风迎面吹来，眼前豁然开去，一大片茶林没在慢慢长高的树丛里，郁郁葱葱。

茶园是当年知青开垦的，知青走后才归大队所有。一九七八年包产到户后，茶农回家种自己分得的田地去了，只留下几个劳力弱的人守茶园。再过几年，眼红回家种田的人收成好，家境有改善，也相继卷铺盖离开了茶园。虽然房子还在，茶园已经没人管了。

这是一片被遗弃的茶园，主人逃走了，茶树却依然年复一年等着春天。只要气候回暖早，等不到清明，这里就会云集从四面八方赶来摘茶的人。漫山遍野，好不闹热。这里面就有我的堂弟老齐。老齐并不老，才十七岁，是别名，村里喜欢把人名字前加个老字，当小名喊。清明至谷雨这段时间，是老齐最忙碌、也最充实的日子。摘茶本是姑娘们干的活，小伙子是没那细致心思的。很明显，小伙子摘茶是幌子，心思自然全放在那些摘茶叶的姑娘身上。

堂弟老齐是个干脆人，明说我就是摘姑娘，有本事你也可以去摘。老齐长得帅气，一眼看就是女孩子心里喜欢的那种，惹得那些调侃他的后生好生羡慕，尽管天黑回家时，他们的篾里装着满满嫩翠的茶叶，心里却空荡得很，看着老齐脸上满满的笑容，心生妒忌故意拿话刺他。老齐也不示弱，伸手牵起姑娘的手，大摇大摆地走。

受伤不仅只有村里后生们，还有我的两个妹妹。怨气最大的是小妹，大妹那时已模糊懂得一些男女之间的事。小妹还很懵懂，回家跟伯娘告状，说哥哥将摘得的茶叶给了别人，不给她和姐姐，还说哥哥发现了一处没被人摘过的茶树，没有告诉她和姐姐，而是偷偷邀了别人去摘。

一些妒忌堂弟的后生和暗地里喜欢老齐的姑娘，是最关心老齐行踪的。如果老齐潜出了他们视线，心里就不安起来，想着他是不是此时正与某个漂亮姑娘，躲在哪个灌木丛里做甜蜜的事情。老齐知道他们的心思，有时故意装神秘，话说一半留一半，让他们去联想，让他们恨。

那时，我在县第四中学读高中，周末回家常听大人们说堂弟老齐摘茶叶的故事，心里也是好生羡慕。一次，我动心随小妹、堂弟去了茶园，果然见老齐是个令人生羡的摘茶王子，女孩子们喜欢他不得了。一路上就有长得靓丽的姑娘同他打招呼、嬉闹。我悄悄问大妹，老齐相中了谁？大妹的回答让我羡慕得死。她说，这里长得漂亮的都喜欢他。总会有走得最近的吧？大妹说，你问小妹去，她最恨谁，没说完就咯咯笑起来，笑完用手指了指前面那个穿格子衣服的姑娘，老齐将摘得最多的一次茶叶给了她。

后来，那个穿格子衣服的姑娘真做了堂弟老齐的女朋友，他似乎并没有收心，常有长得不错的姑娘悄悄送他绣了花鸟的鞋垫。

茶园因为没有人培护和管理，随着时间推移慢慢荒芜了，一些灌丛与杂草吞没了那一片醉人的绿色。几年后，一个从广东打工回来的后生，取代了堂弟老齐在村子里的地位。这个后生叫三胜，三胜的出现打破了乡村的次序和宁静。这年春节，老齐的心情很沉郁，开始学着抽烟了。

春节没过完，村里的一些年轻人就巴结起三胜来，希望能跟他一起去广东打工。三胜是个仗义的人，说，愿意去的都跟我走，不过丑话说在前头，不是每个人去了都会像我这样能挣到很多钱，这得看你的本事与缘分。三胜临走时专门来到老齐家，希望他也同他们一起走。但老齐没有，不知是面子挂不住，还是不愿离开曾经让自己风光的地方。

村里的年轻人越来越少，在那个穿格子衣服的姑娘走后不久，堂弟老齐也离开乡村，去了广东。往后的日子，一些有关堂弟的信息断断续续，偶尔从南边回来的年轻人口中知道一些。从这些寻章摘句的信息中，我知道了一些堂弟的近况，他在那边混得很不如意，主要原因是放不下面子，大事干不了，小事不愿干；体面的事没文化，苦累的事又落不下脸面。更让堂弟老齐伤心的事，还是那个穿格子衣服的姑娘，已经有了新的男朋友，跟他分手了。就连以前苦苦追求过他，而他不用正眼相看的女孩也有了男朋友，一个个活得像模像样，有滋有味。

一晃二十年过去，两个妹妹在深圳都结了婚，有了小孩。三十五岁的堂弟老齐仍孤身一人，换了很多工作，最后在一家保安公司上班，虽然工资不高，但穿着那身制服还是挺有面子的。有关老齐的话题越来越少了，只有小妹还在说，哥哥穿上制服的样子蛮精神帅气，跟当年一样。

村村通工程启动的第二年，村里通了公路，国家拨款修的公路只通到村，没有通到每个组。在外打工的年轻人听说公路没有通到组上来，先是一阵气愤，接着就聚拢来开了一个会，说，我们自己凑钱修，几公里路花不了几个钱。承头筹款的三胜找到了堂弟老齐，老齐说，你们先垫着，等我有了钱一定会补上。

公路修到四棵垭的时候，意见发生了分歧，一些人赞成沿溪谷向前，一些人建议穿过茶园。沿溪谷修，虽然路稍远一点，但工程难度小得多；从茶园走，虽然抄了近路，但要凿岩劈山，难度较大。村长给我打电话，征求意见，我突然想到了堂弟老齐，说，就沿溪修吧，把茶园留下来。

公路修通后，老齐一直还未回来过，也不知他后来补上了那股份子钱没有。今年清明我回家挂青，开车经过四棵垭的时候，将车停下把爱人留在车里，一个人向那片茶园走去。今年又是一个回暖早的年份，漫山遍野一派奶黄的嫩绿。置身其中，真切感受到春天原来是可以用心灵感受的。二十多年前，堂弟老齐及妹妹们踩出来的那条山路已经找不到了，我只能揣着记忆的印痕，一步一步向前走，浓密的灌丛与纷乱的藤蔓阻挡着我，每前进一步都需要勇气。

爬上山垭，迎面吹来的风还是那个味道，眼前却没有出现想象中那派景象。茶园不见了，消失了，靓丽的姑娘以及堂弟们忙碌的身影，都被葱茏的绿淹没了。我有些感伤起来，这是堂弟老齐的茶园，是他一生的财富。突然间，我萌生了一个想法，如果有人承头将这片茶园重新开垦出来，堂弟老齐会不会回来。

姿态 / 汪冰点　摄

回到一条河流

一九九四年十月的一天，我到长沙出差。十月的省城，秋意已经有些浓了，落满梧桐叶的街道显得有些空寂，不像现在这样车涌灯跃。我有些落寞地走在傍晚的树影下，洇着几分暖意的街灯把我的身影拉长又缩短。这条路往前走不远就是湘江，我漫无目的地走着，想象着湘江的夜景。路过湖南剧院的时候，我突想起口袋里有一张戏票，晚餐时省作协一个朋友送的。从剧院外的一张海报上，我看到了一个熟悉的名字。起初以为是同名，再看剧目《涟河的太阳》，才隐约想起武华兄曾跟我说起过，在涟钢创作一台大型舞剧，已经半年了。

我刚刚对号落座，剧场的灯光就暗下来，刚才还呼朋接耳的观众也一同安静了。我的目光在混沌黑暗中摸索，一剑锃亮的追光亮起，一个披着长发熟悉的身影，急步走进乐池，在指挥台站定后，深深地向观众鞠了一躬，转身面对乐池中的乐手们。感觉中，他似乎做了一个深呼吸。突然，他手中的指挥棒在锃亮的光束中画出一道优美的弧线，顿时全场乐声响起。

　　汹涌的波涛向我涌来，让我没有躲避与拒绝的时间与理由，那是一种力量，有关生命的力量。如同我矗立在沅水清浪滩的某一个巨石上，看白浪翻腾，船筏穿行。当一种声音可以用眼睛看见，那么这种声音就有了物质的力量。后来得知，武华兄的第一份工作就在清浪滩头一个叫小云溪的集镇图书室上班。极静极动的环境，浸润着青春年少的武华兄，慢慢让他有了性格的双重性。有时他静得像一汪深潭，有时又澎湃得像一片波涛汹涌的险滩，但谁又真正看见那汪深潭下的激流和那片险滩下的深潭？当某种生命个体有了一条河的性格与内涵，那么深水潜流就是一种修养，急流险滩就是一种渲泄一种释放。

　　我的思绪还在清浪滩的波峰浪谷里游弋穿行，大幕已徐徐拉开，音乐随着他舒缓下来的指挥棒开始变得幻妙开来，眼前弥漫着一种迷幻与沧桑的色彩，我仿佛看见一群古老的族人在混沌的世界寻找光明——序幕"追日"叙说着《涟河的太阳》故事的精神背景。

　　我不太懂舞蹈与音乐的艺术技巧，却从他构筑的音乐世界里看到了一条河流。

　　舞剧散场后，我没有机会跟他打招呼，一个人静静离开了剧场。突然间，我对武华兄有了新的认识，这种认识透着一种陌生感。舞台上的武华兄，我不能跟我过往认知里的那个人联系起来，我甚至怀疑这是不是他的作品，这么一个温文、内敛、永远只会倾听的人，怎么会突然变得如此波涛汹涌，是什么理由让他有了如此强烈的倾诉欲望。从我思考这个问题开始，我意识形态里就有了生命主题。每个人都有自己的精神碎片，当我发现无论这些碎片有多零乱无序，原来都远离不了某种生命的大陆板块。这种存在感才能让生命绽开绚丽的色彩。

　　乌宿，一个极美丽的水边古镇，泛着青光的石板街连村接户、拐墙抹角，一行半陷沙砾的硕大卵石伸入河心，便是酉水河——沈从文笔下叫白河的最后一个码头。

武华兄就出生在这个小镇上。我曾写过一篇长散文，叫《听山外一条河流过》，显然武华兄比我幸运得多，他是看着这条酉水河长大的。我想，童年的武华兄一定与我一样，生命的第一次思考，就是这条河从哪里流来，又流到哪里去，且为何一直流不完，源头那里到底装了多少水。后来我发现人的最初思考有关一条河，那么他的生命就会遵从一条河的象征。

我与武华兄是性格完全相反的两种人，我外表张扬，而心里沉寂。我们能成为朋友，也许就因为我们有共同的精神空间。

武华兄是一个习惯倾听的人，更是一个善于倾听的人。这让我想到一个故事，在哈佛大学附近有一间咖啡馆，学生们常去那里聚会，举办各种学术沙龙。其中有一个非常优秀的博士生，聚会常常以他为中心，听他高谈阔论。时间长了，围在身边的人开始散去，到最后只剩他一人静静地坐在那里喝咖啡、看书。其实就在离他不远的地方，有个老人一直在静静地听他们谈论有关天体物理方面的话题。

此时，老人慢慢地走了过来，问，同学我可以在这里坐下吗？年轻人看了一眼老者，点了点头。老人坐定后，接着说，你能把你手中的书递给我吗？年轻人疑惑地将书递给老人。老人接过书，随意地翻了几下，而后还给年轻人，"我一直在倾听你们的谈论，如果我能早些时间认识你，我会把这本书写得更好。"年轻人迟疑了一下，立即起身向老者施礼。原来自己潜心攻读的学科，就是眼前这位默默倾听了他几个月的老者创立的。

我不知武华兄是否听到过这个故事，无论他看没看过或听过，倾听已经成为了他的一种习惯。但这并不能说他就是一个不愿抑或不善倾诉与表达的人，他只是将他的情感与思考全借助于音乐这个形式了。如果说舞剧《涟河的太阳》是一场澎湃而深情的演讲、一次彻夜倾心的长谈，那么舞蹈音乐《山之梦》《山的女人》则是一次心灵的对话，歌曲《山女》《我家就在沅陵住》，已演变成了一次情感的交流与生命的礼赞，唯有《沅水东流》《悠悠的歌长长的河》才最终回到让他最初学会思考的这条河上来……

在常人眼里，武华兄确实是一个难以弄懂的人，也不愿去弄懂的人，他有时固执起来，再往前走一步就是变态了。他从不接受任何人的意见，他永远都在跟他人说着相反的话。记得有次武华兄带队在外参加一个艺术交流会，其中有个朋友想会议结束的当天赶回，向我求救，说你跟他关系走得近，你去帮我说说吧。我说，我去没用，你只需按照我的意思跟他说，他兴许会答应。这个朋友一会儿就高兴地跑回来了。

我是这么教他说的，"……我们好不容易出来一趟，让我们明天还玩一天吧，后天再回，行不？"

武华兄幽默是冷的，喜欢一句话分开来说，他的前半部分基本上是不怎么爱听的，如果你心不够宽，你就没机会听到他后半部分你爱听的话了。因为这，他不知得罪多少人。我有时也忍不住跟他说，你的冷幽默是不是也要选择一下对象呢。他当然不会听。我想，与他有过交往的人，有相当一部分是没有听过他的下半句的。

美国一名著名节目主持人林克莱特，一天访问一名小朋友，"你长大后想当什么？"小朋友天真地回答，"我要当飞行员！"林克莱特接着问，"如果有一天你的飞机到太平洋上空所有引擎都熄火了，你会怎么办？"小朋友想了想，"我会先告诉坐在飞机上的人绑好安全带，然后我挂上我的降落伞跳出去。"当现场的观众笑得东倒西歪时，林克莱特继续注视着孩子。让他没想到的是，孩子的两行热泪夺眶而出。于是林克莱特问他："为什么要这么做？"小孩子的回答透露出一个只有孩子才有的真挚想法，这想法让在场的所有成年人羞愧："我要去拿燃料，我还要回来！我还要回来！"

武华兄的那句"我还要回来！"不知有多少人听到过。这是武华兄的悲剧，也是他的魅力吧。我要强调是，这正是一个真正艺术家应该具有的悲剧色彩与人格魅力。

无论是艺术还是生活上，我都算是与他走得很近的人之一。这里，我们还是要回到那部大型音乐舞剧上来，如果没有那次偶然邂逅，很有可能我也会成为没有机会听到他后半句话的朋友了。我想，会是我的一种遗憾。

有时我在想，一个潜心创作的人是不是应该有这样的常人没有的东西。

武华兄就像海明威笔下那个固执、信念坚定的古巴老渔夫圣地亚哥，在这条教会他思考，却永远也弄不明白的河流里布网、打捞。我想他一定会打捞到让人眼前一亮的大马林鱼，我更想信，就算被一条食人鱼追赶、掠食，最终他的鱼只剩下一条骨架，他仍会将它拖回来，因为他走的那天夜里做了一个梦，有个小男孩会在河滩上等他归来……他认为梦境比生活更真实，更绚丽。

白鸟从白水滩飞来

细雨中的淑水越发变得清幽，小木船或急或缓向下流驶去。

"涉江"笔会其中一项活动是游淑水河，我们是从当年向警予做姑娘时洗过衣服的码头登上游船的。淑水河从向警予居住过的这间木构四合院前流过与这间木构四合院修筑在淑水河畔有完全不同的内涵。好多年后，人们或许更乐意接受前者。山以水美，水以人秀嘛。

我们乘坐的是一片能坐十余人的机动小木船，舱里坐着彭见明、向本贵、廖静仁等十几位作家。顺流而下，左岸是一望无际的橘林，右岸是零星散落的村舍。橘林没有随或急或缓、或宽或窄诗人化的淑水感染，任凭一岸葱绿、一路橘黄。

初秋的淑水正值枯水季节，常有大片大片的浅滩五十余步不能没过脚踝，水深处也只不过将白灿灿的鹅卵石变成翠绿罢了。

浅滩有女子赶鹅，一群群白鹅像绿色水面漂浮的白绒毯子。导游说，这白鹅也是淑水一景。导游是个姑娘，她冲舱内最年轻的编辑梁说，您结婚了吗？没有，想在淑水河畔找女朋友吗？想！那好，您只需跳下河去逮两只白鹅给您相中的女孩送去就行了。编辑梁玩了个深沉，慢慢接过导游手中喊话器，冲导游说，你有男朋友吗？言毕，舱内一阵哗然，都嚷嚷着要去买鹅。

木船驶近那赶鹅女子身边时，船上有人喊水做的女子搭便船么？那从水中长出的女子便将脸转向我们。

雨什么时候就停了，有人回忆说就在那水做的女子将脸转向我们之后，此时船舱里便有人叹好一群文人骚客。

眼见船身会搁浅在女子脚下的浅滩，船夫便将柴油机熄了，取下竹篙插向水中，木船在竹篙的撑引下缓缓滑进一条窄窄的河道。这条二十余步长的河道看上去有人工挖掘的痕迹。导游证实说，是，也不全是，只是在枯水的季节哪块卵石磕了谁的船，谁就下水扎猛子搬掉。上下的船只多了，你搬一块他挪一个就成了这条河道。

那女子在向河道处靠近。有几位作家好奇地帮船夫撑船，又有几位作家走出船舱，不知是看山、看水，还是看那水做的女子。

我叫嚷着要向那女子买鹅，诗人刘邀那女子搭船。木船撑到女子身边时，女子真受了诗人刘的邀请，一步上了木船。木船怎么这么颠晃，我说，船夫说没有啊，我说，你不懂的。诗人刘自信地走向那女子……

瞧，白鹭。顺着导游手指的方向，一群白鹭贴着河面向这边飘然飞来，至河中心时骤然折翅踅了回去，飞向那片葱葱的橘林。那一望无际的橘林就像一条毛绒极深的绿毯，沿河向下流铺去。飞动的白鹭像绿毯上闪动的小白花，在我们贪婪的视线里凋谢了。不一会儿，白鹭在我们的注视中又飞了回来，落在那赶鹅女子伫立过的浅滩。太美了，那群白鹭轻而易举就飞过我属于成人厚厚的灰色记忆，栖落在童年的沙渚。

六岁那年，我被送到外婆家念书。外婆家住沅水岸边一个叫白沙溪的村子，学堂是外房一个舅舅家的堂屋做成的，老师也是一位叫舅舅的张老师。村子古朴而秀美，属标准水乡村镇。但那时并未觉得它美，"这个圆圆小小的村子，竖起竿炊烟，就像一把唢呐了。"这也是我好多年后再去的感觉。

那是我第一次离开父母，第一次来到河边。我家住大山的皱褶深处，当然不识水性。我记得父母离开时对外婆说，饿一下冷一下哭一下都不打紧，千万不能去水边。后来这句话就成了外婆软禁我的"法律依据"，恨不得将我拴在她的裤腰带上。童年是好动的，我常绕过粗心的外婆去沙滩戏水。尽管每次都要受到最严厉的体罚，事后只要伙伴一鼓惑就照犯不误。

其实我还是有解禁的日子，在乡邮电局工作的小表舅周末回来，就喜欢带我去白水滩捞鱼。小表舅管外婆叫伯娘，伯娘，我带小雨去白水滩了，中午也不回来，我们带了午饭。我殷勤地提着鱼篓，尾随在小表舅身后。倔强的童年，此时温顺得让人心疼，小表舅后来回忆说。

白水滩有一里路那么长，湍急的河水流过错落有致的卵石，泛起白花花的泡沫，故名白水滩。白水滩头有一汪平缓的浅滩，有一种名叫红滩鲤的鱼，最爱逆水飙滩。飙完白水滩，它们便在这汪平缓的浅滩栖息，翻起白花肚皮晒太阳。小表舅的捕鱼台就架在那汪浅滩，我是没有资格上捕鱼台的，只能呆在岸边的大岩石上观看。

小表舅在捕鱼台有时一待就是一个多时辰，不见撒下一网。童年的耐心永远就那么脆弱，我便开始有些坐不住了，捡起圆圆扁扁的石片击水漂。在捡那圆圆扁扁石片时，常碰到一种叫花被子的鱼争着吮我的手指头，此时我便停下来，将手脚都浸在水中，任凭鱼儿争吮。水漂击过了，鱼儿玩过了，我便自觉地回到岸边那块大岩石上。此时，就算我有出格的举动，小表舅也不会大声喝斥，因为任何声音都会将游到脚下的红滩鲤惊跑。我的自觉来自对这每星期一次外出机会的珍惜。

此时，白鹭出现了，一群白鹭缓缓沿白水滩向我飞来，在我的跟前俏皮地转了一个半圆，盘旋在青山之间绿水之上。我仰躺在岩石上，注视着那在青山绿水中盘旋的白鹭，那翻飞的白鹭像会飞的浪花，让人相信天上也有一个白水滩，真的白水滩只是一个倒影。

二十五年了，那洁白的白鹭再度出现在我视线里时，那种震撼来自我生命及心灵的最深处。白鹭是大自然的精灵，只有那原始的没有被工业文明侵蚀的山川才会引来这天地之精灵。

淑水河哟，你纯美如处子，你发源于我的童年，被外婆的红木梳梳得弯弯曲曲……

木船上的游客都暂时忘却了刚上船那赶鹅的女子，当他们将目光移到船上的时候，木船已划过窄窄的河道进入了平缓的水面。回过头，只见那搭船的女子立在河对岸的浅滩上。诗人刘自责，女子下船是因自己对白鹭的移情别恋。

船夫告诉我，常有女子这么借船过河。我没有让船夫将真象告诉诗人刘，就让诗人刘那份淡淡的遗憾与忧伤永远成为淑水的另一种内涵。

…………

好一段时间没了编辑梁的音讯，也不知他的白鹅送去了没有。白鹭仍在淑水河畔盘旋。大自然送来这么多白鹭，也不知淑水这位纯情的女子是否怀春。可我希望她终身不嫁，那样就有白鹭永远的飞来，同时我也会终身为她牵挂。

往前四十年就到白水滩 / 戴天一 摄

傩戏人家

傩戏，人类戏剧的活化石。

湘、资、沅、澧四大江河汇成中国第二大淡水湖——洞庭湖，后经长江流入浩茫的大海。人类的文化似乎都是从江河开始的，在沅水中流有一方古老而神秘的山水，它的名子叫辰州，也就是今天的沅陵。据考古发现，距今8000年前的高庙文化中就出现了典型的巫傩文化。无疑，沅陵就是中国傩文化的发源地。

傩戏能流传至今，除了它自身的神秘色彩，还依赖沅陵这片神奇的土壤，以及生活在这片土地上将戏融入生活与生命的普普通通的人家。

冬日的大叉坪村因为几天连绵的细雨，更显得悠闲而空落。山地的玉米与水田里的谷浪，也随秋后最后一缕秋风裹进了粮仓。

村民已备足了过冬的食粮与柴禾，等待那场封山大雪的来临。对于李福国一家人来说，冬日却是他们说戏、学戏、排戏、演戏的黄金时节，因为来年的一切春耕计划都只能等到水塘里那第一声蛙鸣响起才开始。

　　清晨，李福国一家在自家的走廊上练功。
　　李福国一家在自家的屋坪前排练。
　　李福国一家围着火塘说戏。

　　冬闲的日子，真正闲下的是犁耙斗笠，人一点儿也未闲着。起屋、嫁娶、生子、祝寿，把悠闲的村寨弄得一次比一次喧哗，一次比一次精彩。而这喧哗与精彩的核心就是李福国一家了。

　　这里一直就有这个习俗，沿袭了多少年了谁也说不清楚，一代一代就这么传着，哪家生子，哪家祝寿等都要唱一场热热闹闹的傩戏。看排场讲气派就看谁家请的戏班子戏唱了多少天，条件宽裕一点儿的人家一唱就是三四天。

　　大叉坪属七甲坪镇管辖，离集镇约十公里，走路近两个小时。集镇位于沅陵县境内东北边陲，离县城一百多公里，北倚张家界市，东接常德桃源县，真正的"一俗共三县，一山压三市"。上世纪末这里才有一条简易公路经过，过去生活在这里的人们外出都只能步行，三天三夜才能到达县城。

　　李福国一家演唱沅陵辰州傩戏远近出了名，摩托车演出队经常穿梭在临近三市的村村寨寨。他们的摩托车都是用唱戏得来的钱购买的。这么现代的交通工具驮着这古老剧种的服饰与道具，似乎显得有些不协调，而演员们并没有感受到这种不和谐，只是觉得很方便。不过一些摩托车去不了的村寨还得去步行。

　　李福国的妻子聂满娥，女儿李萍，女婿全军，还有舅舅聂平，被当地人称为技艺压三县的"傩戏一家班"。不仅戏唱得好，为人也厚道。

妻子聂满娥是远近有名的才女金嗓子，她不仅戏唱得好，还会排戏编戏，农耕生产也是一把好手。因为对于一个农民来说，让他们赖以生存的还是头上那片窄窄的天空与脚下这片黑黑的土地，风调雨顺才是他们永远的话题。

清晨，聂满娥与丈夫和着山风、迎着鸟鸣、唱着戏走向了田间地头。就是在农忙的春季，他们也是如此。锄不离手，戏不离口，唱戏已成为他们生命中的一部分。

聂满娥当年嫁给李福国就是因为李福国的戏唱得好，在台下看得着了迷，如今回忆起来，仍会沉浸在曾经拥有过的激动与甜蜜里。台上那晃动的身影、浑厚的唱腔，岁月也不能将它们带走，那是属于一个女人永远的财富。

过去李福国家里很穷，现在的富裕日子是他们夫妻俩共同创造的。电话、电饭煲、电视机、摩托车等这些现代化的设备早几年就已进了李福国的家，这是他们的祖辈们不曾想到的。

女儿李萍长得很水灵，比母亲当年做姑娘时靓眼。与任何一个农村家庭一样，都希望自己的女儿能从山旮旯里飞出去，变成一只金凤凰。李福国与聂满娥也曾希望李萍能像她姐姐那样去城里工作。可是李萍喜欢上傩戏是夫妻俩没有想到的。后来李福国夫妇想，自己没有儿子，膝下就两个女儿，留个女儿在身边也好，三病两痛也好有个照应。

既然将女儿留在身边，又会唱傩戏，找个女婿自然也就要爱唱傩戏了。这就成了他们选择未来女婿的首要条件。

随着改革开放，村里的年轻人很多都外出打工去了，但还是有些年轻后生没有出去，这其中全军就是一个。其实他早就暗地里喜欢上了李福国的二女儿李萍，当他听说要想做李福国的女婿首要条件是会唱傩戏，便有心暗暗地行动了。只要李福国一家外出演出，他都要跟着去。

不知是全军的真心打动了李萍，还是他的戏唱得还可以。李萍可不像大人那样想，不会可以学嘛，只要他人真心对我好。

婚后小俩口过得很甜蜜。他们有些秘密与对未来生活的憧憬，大人们肯定是无法知道的。

因为冬季演出任务多，所以小俩口就跟李福国住在一起。他们新婚的家安在楠木集镇上。新房的喜气好像还没有散去，一切都还是那般的新，那个大红喜字好像是才贴上去的。回到这个家李萍感觉自己才是真正的主人。

李福国还收了一个徒弟敬波，是从几百里外的桃源县前来拜师学艺的，可见李福国一家方圆几百里出了名。

跟师父学戏是很严的，可是当他与他的师兄妹，也就是李福国的女儿李萍女婿全军在一起的时候，就有回到他们属于年轻人的话题。毕竟他们有属于他们的世界。

他们常常会骑着心爱的摩托车去十几里外的七甲坪镇上的网吧上网、聊天、打网络游戏，有时兴致好就忘了时间的流失，不过，不论多晚都要顶着星星赶回去的，因为新的一天有新的一天安排。

他们有时也喜欢唱上几句流行歌曲，不知是自己真的喜欢还是告诉村里的年轻人，自己不光只是会唱那些古老的傩戏。也许是因为经常唱戏，嗓子功夫好，流行歌曲唱得还算不赖。

看得出，他们与一般的年轻人没有什么区别。

又有人打电话来请他们去唱戏，妻子聂满娥在电话里商量上演剧目与价格方面的事。

李福国夫妇带着女儿女婿、徒弟以及聂满娥的哥哥出外演戏去了，常常一去就是好几天。家里就只剩下李福国的父亲一个老人在家看屋、喂猪、放牛。平常吵闹惯了，儿孙们这一走心还真有些空落。

老人牵着牛，准备去后山放养。

这雨不大不小不痛不痒下了好几天了，黄泥路面牲畜留下的坑洼汪着许多积水，很不好走。

老人今年六十八岁，足下有两个儿子。二儿子儿媳都出去打工了，提起二儿子，老人显得有些无奈，有些结解不开就让它搁在那儿吧。

春花夏雨秋风冬雪，日子就像村口的那蔸古槐树上的叶子，无声无息地流走，谁也不知道李福国在想什么。有一天，当妻子告诉他，自己的女儿会唱傩戏了，心头的那个结开始有些松解开来。傩戏本身蒙着浓浓的神秘色彩，传儿不传女，传内不传外，祖祖辈辈都是这样传下来的。可是叔叔的话让李福国准备将傩戏亲手传给自己女儿下了决心。

只要是一说起傩戏，李福国就比喝了一碗烧酒还上劲。

祖上传下的好多剧本与道具，都被烧毁或遗失了。现在的很多剧本都是后来自己凭着模糊的回忆整理出来的，除了整理自己还新创作了不少剧本。特别是当他说起那张已有两百年历史，不知传了多少代的面具，情绪不免有些激动起来。那是他们家的祖传宝贝。

李福国一家虽然已被称为"傩戏一家班，技艺压三县"，但是，只要一有时间他们就会练功排演，不敢松懈怠慢。明天，有一场规模大一些的演出，其中要演到一出很古老的剧目。李福国为了将这个剧目演得更好，他们一家摸黑骑着摩托车去几里外村子里的一个老艺人家学艺、彩排。一招一式他们做得很认真，希望第二天在戏台上有更好的表现。

从老艺人家出来，夜已经很深了。摩托车发动机的声音，再一次惊醒这方沉静的夜幕。不过，那刺眼的车灯划破的夜幕会很快的织拢来，重回到乡村独有的沉静与凝重。

聂满娥在收拾整理演出需要的服装，从那娴熟的动作看得出她是个做事干净利落的女人。剧目在变，服装也要跟着添置，一些已经破旧的服装也要重新缝制，这也是他们一笔不小的开支。

傩戏对舞台没有严格的要求，堂屋、屋坪、晒谷场都行，演员需着浓装，更多的时候是要带上面具的。剧目也很多，一个星期唱下来不会重复。

演出前，一切都紧张而有序地进行着。

李萍不光只是做化妆的事，布景用的傩画也是她一幅一幅画的。说起画画，李萍还真有些天分，她从来就没跟过什么老师，是自己学着画的。

演出终于在台下期待的目光中开始了……

天出奇的冷，什么时候飘起了细细的雪，今冬的第一场雪来得有些轻描淡写。细细的雪花在空中飞舞了一阵就不见了。看来这场大雪是要留到夜里去下了，第二天起来，整个乡村将会被厚厚的积雪覆盖。

台上的戏唱得热火朝天，也就不知道这天到底有多冷。台下看戏的人倒是有些冷了，把火炉挑旺了，将孙子抱得更紧了。但谁也不愿意离去。一腔一板，一招一式，几千年来就这么唱着跳着，谁也不曾疲倦过。就像脚下这片古老的土地，年年翻种，年年都有新的粮食长出来，养育着生活在这片黑土地上的人们。

现在大叉坪村越来越多的村民开始知道有许多的人喜欢上了傩戏，这似乎与那开怀肆意的笑声没有多少内在的联系，因为几千年来，这些被山风吹得釉亮而憨实的脸谱一直都是这么笑着的，未曾间断过。

但也有一种担心，这笑容还会延续多久，会不会在未来的哪一天消失。等到他们怀中的婴儿长到他们这个岁数，会不会坐在他们爷爷奶奶曾坐过的凳子上看戏，同样响起那一声声开怀的大笑。不论怎样，日子还是会照样一天一天地延续下去……

小黑的领地

　　一个人落寞孤傲的性格，大体归于人不如我，我不如人两种，而我却二者都不是，感觉周围的人离我有些距离，而自己眼里容下的人也不多，除了那些曾在寒夜里用细致文字温暖过我的人，能让我写在纸上的朋友，怕只有小黑了。

　　我家在大山的深处，屋后是大片大片的松林。风一吹，此起彼伏，轰然作响，"松涛"一词大概就是这个出处。那个时代，爹娘起得很早归来得很晚，想多挣"工分"，到年底多分些谷物。大多数日子里，我都是一个人在家，无聊就去草丛捉几只从秋后稻田里跑来躲劫的蚱蜢，弄成半活不死去撺掇蚁斗。后来我写过一篇《遥远的蚁语》，就是出自这个时候的文字，也就是这个时候小黑撞进了我孤寂的世界。

　　我，五岁那年，小黑才五个月。可是它却比我有能耐得多，上山越岭，跳墙钻洞，常常把我丢得很远。每当我气急败坏萌生不再理它的念头时，它又从我身边的某处荆棘丛中蹿了出来，吓我一大跳。而后席地咧嘴，掉出腥红的长舌头，冲我友好地喘粗气。刚才还在心底萌生的那个邪念，甚至想惩治它的想法旋即云散天开。

后来，我去了十多里外的村小读书。每次回家都是两腿发软，饥肠辘辘，我喜欢站在屋头坡岭上呼喊它的名字。小黑的耳朵特别灵敏，听见我的声音就汪汪仰天吠叫。此时母亲知道是我回来了，把钥匙系在小黑脖子上，由它送到我的手中。

除了前爪和下颌处点缀着几绺白色毛发，浑身被一种略泗灰色的黑毛裹得严严实实的小黑，在我六岁那年就俨然是一条汉子了，为捍卫家园尽职尽责，也常因那种所谓的英雄主义身挂重彩。长大后，我的那些不可思议的举动和自己把自己推向绝境的经历，或多或少受了小黑的一些影响。

记得一次，一头凶悍的野猪受伤坐潭（狩猎俗语，指中弹后的猎物以静制动伺机反击），别的猎狗都知时务地躲了逃了。唯有小黑耸立脊毛，用前爪在地面上用力刨下几道深深的爪痕，低吼一声射了出去。此时，很容易使人联想到一个人跳崖之前的那种壮举。那头野猪在最后的枪声中倒下了，小黑的名气大噪四方。代价是，它的一条后腿折了，且留下几道深深的野猪獠牙的齿痕。后来，每逢阴雨连绵，气候潮湿，它的那条腿就隐隐作痛，走起路来一瘸一拐。

小黑是在我的小恩小惠中长大的。我常瞒着母亲把饭箕里留着当中饭的白米饭抓一团给它，或摘下一个成串挂在壁板上的红薯种，在火坑里煨熟剥给它吃。我们的感情逐渐亲密起来，在我的喔喔嗾嗾声中，它激情满满地跑来奔去。有时我也恶作剧，譬如用一根绳子打个活结嗾使它踩，然后使劲猛地一拉。一种被愚弄的滋味会让它生一阵子气，不过一会儿就会忘得干干净净。

与小黑感情变得疏远，是在每年春暖花开的季节，它要忙着去寻花问柳，时常好几天不见踪影。尽管它自己风流成性，却不允许邻居家的小花去寻找如意郎君，更不允许它的同类侵犯它的领地。不过时常还是有不知高天地厚的花花公子趁它不在跑来勾引小花，一旦被发现都会被它咬得头破血流、落荒逃走。对于它的这种自私行为，有时会让我联想到我与它的这种主仆关系是否牢固。

到了秋天，我们就又形影不离了。我们常去长满灌丛的山坡猎捕竹鼠，只要是上得山来，它总是以极度夸张的热情，慌慌张张地在林子里跑来蹿去，充满警觉和亢奋。时儿有一只或一群正在下蛋的山鸡或斑鸠被它惊飞，"扑扑"地飞向对面的山岭。它便无可奈何地"汪汪"仰头吠叫几声，将眼睛转向我，似乎在说，"你该拥有一支枪！"

在以后的岁月里，别人侃侃如涌的时候，我多么希望有一只枪能握在自己的手中，用它爽朗地说一句话，尽管那段日子对枪的定义还不太了解，只觉得握枪的人脸上有一种英雄的光芒。

在它不在我身边的那段漫长日子里，慢慢淡忘了枪的定义，却无缘无故地嗜起赌来。记得一次回家，同几个伙伴围在一张圆桌上"砌长城"，每人分发二十粒相当二十元钱的苞谷粒作筹码。在我三番五次威逼它回家仍无动于衷的情形下，听任它蹲在我放苞谷粒的旁边。我全神贯注地搭拼着面前的十三块小方砖，全然不闻旁观者的指手画脚。突然从它那最后通牒性的两声低吠声中，调头检看所剩无几的苞谷粒，斜眼里发现一只迅速缩回的手。

这次我意外的赢了，天亮之前我和小黑满载而归。事隔多年，那只迅速缩回的手，一直没能在我的记忆中消失，时常促使我想起以往那一次次失败的经历。

那一年，小黑十八岁了，它是在我的奔忙中老去的。

作为一只狗，能活到十八岁已是古来稀了，这也许与它年轻时东奔西跑、乐于健身有关。花甲之年的小黑已有了十足的老态，毛变短，褪了光泽，脸也变尖了，目光越来越混浊、迟钝。不知道是因为生活中发生的一些事情磨钝了我的激情，还是成为老狗的小黑对人的感情淡漠了，总之我们之间变得疏远起来。

这一切，或许与那次带它进城有关。因为在这之前，我还验证过它对我的感情。

因为一些原因，我已两年没有回家了。那天回家已经很晚，站在家对面的山坡上，我拉开嗓门喊了几声小黑。开始它还朝天吠叫了几声，紧接着我就听见它发出已经明白是谁在喊它的那种亲切的汪汪声朝这边箭似的奔来。我们分别时间不算太长，不过按它的生命计算，已经是很长的一段时间了，它仍能听出我的声音来，给了我一种莫大的慰藉。

时下有现代人之说，是指有关感情的事情，完全可以用理智去做出判断，能够把感情看得不值钱，纯粹用理智行事，也不会为其它生命所累、其他情感所惑。而我却做不成现代人。自从小黑撞进了我的生活，无形中就有那么一种温暖诱人的网等着我去投奔。当我被所谓的现代文明甩得很远，仍疲惫试图追赶的时候，只能在小黑身上找到那种久违温暖的东西。

然而小黑老了，快要离我而去了。一天，我突然萌生让它来高楼栉比、人流若涌的城里逛逛的想法。想让它治治那些在房子里长大、却又耀武扬威十分嚣张的城里狗，好让它尝尝宝刀未老的快感。我苦口婆心地终于将它带到了公路旁，却被一辆飞驰而来的汽车吓得狼狈而逃。看着它朝着回家方向远去的背影，我心疼地掉下了眼泪。

原来小黑只属于大山，只属于村寨。

打那以后，小黑就对我变得不理不睬，不冷不热了。

上个月父亲从乡下来，告诉我小黑已经病重，卧床不能起了。

父亲要回家了，我说是不是买些肉带回去，父亲说小黑已经绝食几天了。开往家乡、开往大山的班车缓缓启动，我跑上前去，一只手攀着车窗冲父亲说，如果小黑死了，就把它葬在屋后那个经常等我回家的山坡上……

夜已经很深了，我一点儿想睡的感觉也没有，静坐在书房回想属于童年与乡村的一切。书桌对面的白墙上，装有一幅家乡的远景照片，我努力寻找着我与小黑曾经走过的每一个角落。房子有些破旧了，山与树与路，以及天上的云块永远会是原来的样子，不会有多大的变化，时间也会停在那儿。小黑，这些都是你的领地，没有人能侵占，过去，现在，或者将来。

童年、乡愁与地域美学谱系

◇黄桂元

　　徐迟先生为《瓦尔登湖》的中译本作序，一再提示读者，与梭罗一同"返归自然"，"最好是先把你的心安静下来"，才能领略此书的深味。戴小雨的《大雪是被子》，没有徐迟先生所说的那么"浓缩、难读、艰深"，但我还是认为，在这个强调速度、浮躁不堪、盛行碎片化阅读和"文化快餐"的娱乐时代，读这样一部既不"鸡汤"也不迎合市场的散文集，同样需"安静下来"，如此，你会深陷其间，唏嘘感慨，流连忘返。

　　戴小雨是一位来自沅水之畔的苗家子弟。祖辈务农，家境普通，却从小可以说生性"顽劣"，同时笃定自信，率真敏感，深居寂寥、偏远的大山，进而痴迷文学，这源于一种冥冥悟性，也得益于源远流长、底蕴深厚的湖湘文化潜移默化的影响。这使得他的写作一开始就摆脱了青春期"自恋"的纠缠，视野开阔，气韵潇洒，质地密实，文风瑰美，逐渐拥有了属于个人特有的美学气象。

　　这条书写之路寂寞曲折，甘苦自知，却是戴小雨的自觉选择，就如同"戴"姓完全是他自己拼力争取的结果。他的祖先本是"戴"姓，却因当年简化字的推广而被置换成"代"。读初中二年级时，他读到一块祖坟地残碑，恍然于真相，原来"戴"与"代"完全是两种不同的姓氏，由两个不相关的祖宗繁衍而来。反叛的性格使这位血性少年采取了强硬手段，不管不顾地将自己课本和作业本上的"代"统统改成"戴"。从此，全村只有他一个人归祖，孤独而无奈。日后他在城里购房落户，迁入儿子户口时遭遇尴尬，他不惜斯文扫地，动用山人最原始的"霸蛮"招数，硬是为儿子讨回了"戴"姓。

　　约翰·韦恩认为，"童年记忆是诗意的谎言"。戴小雨的童年记忆既非谎言，也无关诗意，那是一段影响其人格成长的艰难岁月跋涉，秘藏了他所有的与精神原型、伦理构成、审美好恶有关的生命信息。他的童年记忆有忘忧之乐，亦不乏切肤之痛，丝丝缕缕枝枝叉叉，都与故乡的岔溪、晾岩坪、牛绳溪、月牙湾、北溶镇撕扯不清，随着时光的发酵，最终成为其重要的写作资源和文学主题。

　　"大雪是被子，雪越大，麦子长得越青绿"，这是小时候母亲一次次告诉他的。于是，大雪、小麦、被子，在这个少年的内心深处，作为一种神秘的隐喻时时召唤着他。时空是无形的魔幻导演，善于制造形形色色、千奇百态的人间剧情，以使暗灰的生活多一些亮色和变数。中学时代，戴小雨因病辍学，窝在家以读文学期刊填补寂寞。他心有不甘，渴望能穿上"一套让城里人一眼看不出自己是乡下人的衣服"，母亲默默行动了，她白天在队里干农活，晚上忙完家务，漫山遍野地四处搜敛桐籽，终于凑够可以给儿子买套好衣服的钱，舐犊情深感天动地的母爱，读之令人泪目。父亲没有太多文化，却习惯于独立思考，不经意间时有传神之语脱口而出，比如"一根铁钉扦进大山，日子一久就锈在里头了"、"山深出鹞子"，这一切刺激了儿子最初的文学表达欲望。他在离乡闯荡的日子里，发现在外面立足有一套衣服还不够，还要去掉乡音，学会标准的普通话。他做到了，却彻底失去母语。当他别别扭扭地第一次叫"妈"，而不是"娘"，母亲的反应最初是惊慌失措，然后是憨态的笑，陌生的笑。他意识到，"我与母亲的距离就是从失去母语开始的"，不禁黯然，"没想到，面对城市文明的第一次浸蚀，居然是这种普通话陷阱，而且将母亲也无辜地扯了进来"，进而痛思，"我失去了母语，同时也失去了母语带给我的语境与最原始的温情"。

故乡是母语的圣地，带给戴小雨的童趣却是悲喜莫名。"金葫芦，银葫芦，打开葫芦取麦种"，这是母亲说给他的无数谜语中的一个。小妹天真地相信，金樱子肚子里藏的就是麦种，拉着哥哥去屋后山坡埋种，用撒尿兼做浇水施肥，小妹还在刨沟中捡出的石块，在旁边垒起小石头房子，准备用来储藏熟了的金黄麦子。但金樱子肚子里毕竟不是麦种，兄妹俩几个月的忙碌换来的却是一场空欢喜。妹妹失声痛哭，哥哥好言相劝，这段属于兄妹俩独有的"农耕"经历，满满童趣流溢在字里行间。

有的童趣源于他的小小恶作剧。在晾岩坪，他将一个小洞穴里的泥沙掏空，捉几只龟纹甲壳虫丢进去，再用双手捧泥沙掩埋，他一次次从旁边的沙坑捧沙回来掩埋，甲壳虫又一次次从泥沙中顽强钻出，最后在他取沙未回时成功逃脱。多年后他回到晾岩坪，重温这个儿童游戏，找个小洞穴掩埋甲壳虫，取沙回来，发现再也不用继续掩埋，甲壳虫已经根本无力钻出来。他找出答案，不是甲壳虫的求生欲望降低了，逃生本领退化了，而是"我的手掌变大了，捧来的泥沙足以一次性将它埋掉"。

戴小雨的成长获得许多，也付出许多，代价之一，便是父母日益变老，故乡渐次模糊。"一个老人的思维与逻辑是最接近童年的，老人与童年又是最接近乡村的"，特别是，"许多物事，随着知识与常识的增长变得寡淡无味，全没了那份柔软细致与童稚趣味"。他的童年记忆也掺入五味杂陈的乡愁，绵长而混浊，成为戴小雨写作散文的另一个母题。他不打算虚构乡愁的诗意，也无意遮蔽乡愁的真相。故乡有一种叫"节节草"的植物，与"百度"介绍的"茎直立，单生或丛生，高达70厘米，茎1至2毫米"不同，由于溪沟深、荆丛密，为争得更多阳光，这里的"节节草"长度竟超过两米，直径也粗得多，这种植物常被当地小孩子用作神鞭相互搏击嬉戏。童年时，戴小雨突发奇想，试着将它扯成几节，再接上，看能不能成活，接着生长。这个实验是成功的。多年后他明白了，"节节草"不就是故乡的形态吗？"故乡的情绪，故乡的属性，一切似乎都是靠季节连接起来的"。

这是一个亿万之众四处流动的"他乡"时代，也滋生出对于乡愁的书写，铺天盖地，触目即是。戴小雨没有随之起舞，千人一面、无关痛痒地咏叹"美丽乡愁"，"诗意乡愁"，而是潜入其深处，从另一个视角，写出乡愁的隐秘之殇，无声之痛。"岔溪这个村子也快要死了，我找不到用哪种生命的死亡来比喻一个村子的死亡过程"。凋零的村子空空荡荡，不仅壮劳力流失殆尽，乡村的自信与朝气也被掏空，留守的人心态也在发生异变，从无奈而妒忌而冷漠而偏执而苛刻，回乡者不得不小心翼翼，"打一次赤脚回一次家"。同样怪异现象的是，一个移居城里的异乡人，回老家过年的短短时日，却对逃生在村里的一个外乡人的简陋房子和寒酸存在警觉而排斥，难道这也是对故乡的一种切肤之爱吗？"本以为已沉寂的乡愁，慢慢离我远去。在这光怪陆离新的世界里，会适应，并慢慢接受，原来都是自己在骗着自己"，他在《与乡愁有关》中慨叹，"难道故乡就真的这样永别了吗？真的就只能留下诗歌了吗？"在当下这个娱乐化的公共写作时代，如此挽歌般的追问，如同空谷足音，回声寂寥。

戴小雨不喜欢在散文写作中引爆抒情和升华功效，即使不从观念陈旧的层面谈这个问题，热衷于抒情和升华，至少是技穷的表现，事实上这两种功能可以由诗歌、乐曲或戏剧承担，散文若随意染指，轻则令人不适，重则让人反胃。但这不意味着散文可以放弃美感。戴小雨是带有书卷气的唯美主义作家，优雅、凄美兼具，疼痛、感伤叠加，这种唯美与大山里恣意生长的花草树木、飞禽走兽相映成趣，加上细腻深微、滴水穿石般的入神表达，为他的话语方式表达标示清晰的辨识度。他的散文一般不做历史纵深的延展，却能感受到岁月的流转，世态的变迁，同时植入前因后果、来龙去脉的叙事元素，令人如临其境，这或许与戴小雨同时是诗人、小说家有关。他笔下的景物描写，荡漾着几分屠格涅夫、蒲宁、库普林、普里什文、巴乌斯托夫斯基等俄罗斯散文大师的流风余韵，使人着迷。当下文坛早已与市场接轨，肯于耐下心来描摹大自然的风物景色的作家，寥寥可数。

戴小雨的怀乡散文不属于家国叙事，而是以湖湘文化谱系为底色，坚持一种兼具顽强坚毅和灵性飘逸的地域美学书写，进而超越了一般意义的牧歌或挽歌书写。他的写作比较个人化，这是启蒙时代赋予作家的一个基本认知，但并不意味着个人化写作是可以脱离地球引力，龟缩于与世隔绝的象牙塔，杰出的个人化写作，必然会与一方人文水土互为养殖，彼此融合。在如今"地方性知识"被现代化城市语境改写的文化背景下，地域写作美学的意义在于，它不是作家对自己所属自然地理区分的画地为牢，也不是对其所指认的文化版图的简单复制，而是通过特定的风土人情与修辞方式的有效整合，展示写作者的灵魂在场、人文归属和伦理走向。

湘楚大地是一个涉及文化人类学、民族学、文学发生学、精神地理学、植物学和博物学，有着多重文化镜像的隐喻性存在，也是戴小雨的生命之根，精神原乡，成为他发挥散文极致的用武之地是必然的，我们有理由抱以更多期待。

黄桂元，文学创作一级，原天津市作家协会副主席，第八届、第十届茅盾文学奖评委。